U0130942

# 人妻日記

目次

# 代序

夢裡，是倉惶的過去，痛苦像面具罩著我的臉，一定發生了什麼悲傷的事，或只是無能為力地眼看自己犯錯、心慌、混亂，莫名所以地被生命的浪潮捲來捲去。就像每一次的噩夢總在清醒時感到慶幸那樣，我幸運地醒來了。

是半夜裡，我看見窗簾透進一點光，估摸著已近凌晨。往事，夢境裡的往事與事實已無分別，那都是真真切切的痛楚，甚至無法估算那所謂的過去究竟經過了多久。並不非常久遠之前，任何一天，那些時間雕琢著我的臉，使我成為現在的樣子。我記得有些日子，我徹夜不眠，大約就是這時間，遊蕩在某些我願意或不願意存在的地方，這樣或那樣動作說話，發生什麼或不發生，深夜的風刮過我的臉，痲木地。

我猶有餘悸地醒來，還沒真正地清醒，我緊握著雙手，深呼吸。

呼吸中我真的聞嗅到這不是個孤單的房間，我還沒轉頭，只是靜靜地調勻呼吸，感受到她在一旁安靜地熟睡著；我看見微亮的房間裡，書桌上的電腦螢幕鍵盤以及散亂的物品、床鋪上的棉被、窗簾、小沙發上的抱枕、浴室的門簾。

我伸手輕輕碰觸她的身體，好溫暖，發散著潔淨的氣味。

我激動卻又不想弄醒她地輕握著她的手，想起以前總是說起我們如果沒有在一起各自會如何生活。我問她，她總是說：我會很孤單，越來越沉默吧。我就會不捨地說：我不要讓你孤單。

而事實上，是她讓我知道我能夠停止悲傷與混亂，我能獲得短暫甚至較長時間的平靜，甚至，是一種類似於，快樂；是那種人們稱之為快樂，或者幸福，之類的；我從不知道我可以真實擁有的，我曾以為極其困難、難以描述、不可名狀，總之與我無關的。

一種生活狀態。

那像從遙遠的遠方吹來的一陣微乎其微的風，置身其中時我幾乎都忘記了那有多珍貴。

靜夜裡，我只是想著，風啊，請繼續吹吧，請讓我繼續感受著，就這樣，我只是想要這樣與她在一起。

# 人妻日記

二〇〇九年夏天的海邊
我們盟誓

然而這幾日
我有一種時空錯置之感
彷彿消息見報後我們才真正結了婚
或者
像是最甜美時光時我們語無倫次地說著
那一場婚禮能以各種形式不斷重來
頭髮漸長
唇邊刻下皺紋
疊疊地
在唱片上雕劃時光

或者
某些悲傷時刻
在狹小的房間裡劇烈爭執
猶如一對悲哀於無能溝通的夫妻

愛情被話語阻隔

最疏離氣憤的時刻
那有著綠色牆壁的海邊小屋
借來的白色衣裳
玫瑰花冠
各種點滴當時不以為意的小配件
全都像飄浮在太空裡的零件
飄過我眼前
那些小物件
使我鎮定下來

因為沒有法律保護
因為甚至是個祕密
因為難以對他人言說
所謂的盟誓
是否便還原到最初的樣子
我們握手誓約

句句貴重如金
但一張開手
又全幻化成沙

沒有誰能保護我們

那看不見的
我們不斷努力去捕捉的
促使我們一次次面對困難而不鬆手的
那重複又重複
微調
校正
定義
審視
理解

所謂盟誓
不是個保障

是海浪撲拍的颱風夜裡
我們逃亡
至一個荒頹的小屋
最深夜裡
電力全失

燭光裡我們張口說出
那魔幻的句子

此後便如水中寫字
搓沙為繩

我們以為
漫長時間過去
總有什麼會具體成形
如果一直一直地
如果一直一直地

# 2011 09 21

天真的涼了。因為很怕風，昨天傍晚還穿著外套圍上圍巾。

這個九月是我所記得最忙碌的一個月了。月初租下的公寓，上星期日才剛把廚房浴室整理好，我與早餐人兩邊住處各自的東西都還沒打包好。這週我都在處理結婚新聞的後續效應，早餐人上星期腸胃炎，虛弱了幾天，昨天才感覺是康復了。

我們終於要同居了。但搬家的日子還沒定好。

結婚是漸進的公開，同居也是漸進的。

這兩年來我們最頭痛的問題一直是「住」。我原來是個不婚者，也一直喜歡獨居，甚至還因此買了一間很適合寫作的小套房。

我總以為我會孤獨終老，為此做了許多準備。或許因為準備得太多，突然面對其實有著跟心愛的人住在一起的渴望，我感到無措。

我知道我不再孤獨了，但一開始我卻仍堅持要有自己的住處。我經歷太多愛情的開始與結束，我以為，不要同居可以使它避免凋萎。這一年多來我們總是奔波在兩個住處之間，有其甜蜜，有其負擔。「似乎可以到下一個階段了。」我說。「你準備好了嗎？」她問我，我點點頭。

無論各種事，我們總是不厭其煩地討論又討論，設法要讓彼此的需要與意見都得到對方的理解，達成共識。

這個階段的我們，要從半同居狀態（因為後期我一直住在她這兒）進入同居狀態了。我的小屋還是保留著，就當作是過渡期的一個避風港吧（昂貴的避風港啊）。我常開玩笑地說，可以當作汽車旅館耶……老夫老妻了也該有些情趣。

搬家啊……這一路以來我總是讓早餐人很辛苦，她也總是默默地、若無其事地承受著。真是辛苦了。

## 09
## 24

天氣轉晴身體就舒服了。

大家別擔心啊……

今天去整理新家，台中的朋友幫我從鄉下運來阿嬤的衣櫥。這衣櫥算來有八十年歷史了，是阿嬤的嫁妝。童年時有一段時間都跟爺爺奶奶住三合院，睡的是統鋪，小小屋裡最醒目的就是這個衣櫥。阿嬤愛美，父親每年按照季節送她許多漂亮的衣裳。當時屋子暗暗，我一直以為是黑色木頭做成，今日陽光下一看，才知道染成當時常見的紅黑色，大大小小的抽屜、雕花的鏡子，有些小零件故障，不知是阿公或阿嬤還用鐵線纏起來。

聽說從老屋搬運出來之前，父親先整理了一番，翻出許多衣物，其中還有阿嬤就醫的X光片。鄰居大嬸見了，納悶地問：「那麼舊的東西還開車搬到台北，划算嗎？」

拿著抹布細細擦拭灰塵，細看著那些小小的補釘、未修補的破損，我非常喜愛這個禮物。這是阿嬤的嫁妝呢！彷彿已逝的阿嬤也祝福著我。

阿嬤與阿公一直到九十多歲去世，一直都非常恩愛（他們也是姊弟戀呢）。

## 09 25

家裡快變成水果行了。

早餐人啊，即使打包也要弄得漂漂亮亮的。當然也是因為還要住幾天，屋子太亂沒法生活。我的小套房那邊可就不是這般整齊了。

上次是朋友們到中和幫我打包，今天是好朋友楊大俠要來合江街幫我們打包（就是教早餐人換紗窗的厲害工頭）。非常仗義的朋友啊！這次搬家是大工程，早餐人忙，我的手又不好，全靠這麼多朋友情義相挺。好感動（昨天載衣櫥上來的父子檔也是友情贊助）。因為廚房流理台需要修理，還認識一個很好的師傅，就像自家女兒在外租屋似的，小心仔細幫我們把屋裡每個東西都檢查過，馬桶水龍頭浴室櫥櫃，該修該清的，逐一檢視。知道我們節省，也不要我們換新，就是收點工本費。因為勞煩他跑了很多趟，感覺都像朋友了。個子小小的中年師傅，吃檳榔，笑起來憨憨的，他開著一台白色的小MARCH，無論車子或工作狀態，都敏捷快速且潔淨。

最近雖然忙亂，但心裡處在溫暖而感動的狀態，忍不住想一直謝謝大家。

# 09 26

## 打包術

分類到底是怎麼一回事啊？那真的是努力就學得會的技能嗎？會不會就像我的左右不分難以改變？中學軍訓課的教官為了教會我左右，要我左手握拳，右手張開，口令一下，向左轉（我已經歸納出考試幾乎都是向左轉）。我只需記得轉向握拳那個方向，於是至今，我若欲分辨右邊，得先從握拳的左邊開始。

早餐人幫我把我已經打包好的小箱換成大箱，箱子打開，她一路整理一路笑。「你這箱子裡裝的到底是什麼東西，是怎麼分類的？」我開始回溯起下午打包時的線索，一一往回推演：最早，這紙箱裡要裝的是「隨身小東西」，後來演化成「難以歸類的小東西」，接著，一個髮夾改變了所有，使它變成了「隨身小物與雜物」，接著，一本去年的行事曆又打亂了一切，成了「難以歸類以及重要小物」，突然，我非常喜歡的絲巾出現了，那麼是不是應該改成「我喜愛的物品」？

啊啊啊，接下來整個箱子就失控了，所有除了衣服書本稿件以外的東西全都呼喊著要滲透。

「那這一箱到底是什麼？」早餐人問我。

我想，真的要分類的話，嚴格說來，可以稱它為，「陳雪的東西」。

「那為什麼裡面有一籃我的東西？」早餐人大喊。（我想，嚴格說來，早餐人的東西，也可以稱為陳雪的東西。）

## 09/26

搬家時總想起父母在夜市擺攤做生意，每日將一整貨車的衣物從車裡搬出，夜晚收攤時再將之全部收回，魔術般的神奇，勞動者的辛勞。

母親的角色都是幫手，而父親已將這一套流程運作得極為流暢，貨車車廂裡有許多他自己設計的小道具，能夠收納容易破損的燈泡與難以歸類的物品（燈泡與電線總是收在茶葉罐子裡）。我們的攤位大，貨物多，但車子卻只是一千三百CC的小發財。年少時父親還沒貨車，用的是福特全壘打五門小轎車，如今回想起來那真是不可思議的場景：車廂裡不但載滿貨物（連車頂都堆了兩三袋），還載著我們一家五口。父親個性緊張，夜市裡他總是最早到、最後離開的，時常收攤後，空曠的廣場只剩下我們一家與清掃垃圾的阿姨。一旁的發電機也在我們上車後，將電力供應切斷。黑暗的空地上，有客人遺落的許多塑膠袋，有清掃人員低頭掃地的暗影……父親轉動方向盤，母親抽完她的香菸，他們會喊我上車，我們隨著貨車駛離，往回家的方向去。

但童年的我總錯覺，這貨車才是我們的家。

## 09 27

我時常夢見老家的三合院與透天厝。童年時，我們家族有三房都擠在小小三合院裡。父母新婚，分配到的是一旁改建的磚房，一房一廳結構，廚房是原本堆放工具的小間（一個屋簷下的寬度），我在那兒住到十歲。

農地賣掉之後，分家了，阿公阿嬤仍住在三合院裡。每日清晨四點，老夫妻倆出去走路運動，沿著田埂彷彿巡田似的，走到六點才回來。白日裡，阿嬤自己煮三餐，阿公騎腳踏車到街上的廟宇看人下棋，下午他們總坐在庭院裡的藤椅泡茶。

一次跌倒使得老人倒下，為了方便照顧，他們便搬到了我們童年時住的那個磚房，父親與幾個兄弟在一旁加蓋了浴室（至此時阿嬤才停止了使用尿桶的習慣）。

阿公神經質，晚年為慮病症所苦，兩三天便要父親帶他到街上診所打針。阿嬤年長他幾歲，年輕時勞碌，很早就駝了背，一頭銀髮似雪，因為重聽，嗓門特別大。阿公去世後，阿嬤一直活在夢境裡，每日仍像阿公在世那樣生活，大聲與阿公說話，只是日夜顛倒，且她再也起不了床。越傭阿路像照顧孩子那樣照顧她，抱她上輪椅，推她上街；夜裡父親收攤回家，總到老屋去，哄陪阿嬤睡覺。

那時阿嬤似乎將父親當成了阿公。深夜裡，安靜的村落可以聽見阿嬤大聲說話，是對阿公說的，叨叨念念，瑣瑣碎碎。言語中，有時我又感覺，阿嬤其實知道阿公走了，她是用她的意志力，要使他栩栩如生。

阿公去世一年，阿嬤也過世了。高壽九十幾歲的他們，沒有被病痛太多折磨。

## 09 29

小時候父母常不在家，因為住鄉下，三姑六婆多，上學的街上時常聽見流言。我幼時長得特

別醜，又矮又瘦，滿臉雀斑。在學校因為功課好，還沒怎麼被欺負，到外頭去就不一樣，出身不好的醜姑娘，連路人都要糟蹋你。成年後時常噩夢裡常有公車上一景：看似中學生的幾個男孩圍著還小學的我，痳子臉、痳子臉地喊我。後來養成搭公車絕不看人，低頭看地。很長時間裡，我痛恨自己的長相，恨陌生人無來由的惡意。

我天生好強，卻無法抵抗這種惡言的滲透，身體彷彿浸滿毒液，只能往內收縮。母親貌美，弟妹可愛，可憐的青春期少女，從頭到腳不對勁。

長大就好了。我總是這麼安慰自己，拚了命想長大。長大彷彿是被應允的天堂，在那兒人人平等，誰也不欺負誰。

成年後天堂沒有到來，是我學會了求生，我頭上插著旗子，寫著「生人勿近」，覺得自己冷酷無情，不這樣就不會生活，好像身上的毒液使我特別，讓我可以寫作。小說是魔法，將身上的毒液轉為故事，甚至可將臉上的痳子都去除。但我依然渾身不對勁。

我每天寫日記，遇著特別痛苦的時刻，我就換一本日記本，把舊的藏起來，或撕毀。我以為這麼做會帶來好運，讓我重新開始。

從一個眼神正面接觸，我花很長的時間學習與人相處，從一次一次良善的舉動裡相信並非人人帶著毒刺。很後來的我，不再怯於旁人的注目，還能夠上台演講。那些目光裡，惡意不見了。我的神經質還在，有時一個恍惚，我仍以為自己會是被同學媽媽趕出客廳的少女。我又定神看看台下的陌生人，嗯，沒有敵人。

漫長時間過去，頭上的旗子掉了，臉上的痳子變成雀斑（或老人斑），逐漸習慣芒刺在背的異樣感，我不再頻繁更換日記，我甚至不太寫了，好像忘記以前那種重新開機的過程，修修補補老機器，就一路活了下去，我甚至可以對路人微笑，不再害怕攻擊。

我們收拾記憶，檢閱過去，人生有些場景，多盼望沒有發生。我曾以為寫小說可以改變我的人生（難道不是嗎）。過了那麼久，現在的我，珍愛那些難堪的、尷尬的、痛苦的、孤獨的、地獄般的時刻，我不再盼望能把生命裡某一階段的時間刨走、割除，我輕輕撫愛它們，知道那是我身上特殊的斑紋。痳子啊，是我的圖騰、徽章，是我之所以成為現在的自己所有總和，讓我如此複雜，又那樣豐沛，除掉任何一部分，我都無法成為現在的樣子。

拿任何人的人生與我交換，我都不要。

我想，那些毒液都化進了血液，或苦或甜，蜜糖毒藥，我都消化，化成一口氣，再尋常不過那樣，吸氣吐氣，呼吸，過生活。

## 09 29

明天早餐人這邊的東西要淨空了。

合江街、錦州街、龍江路、中山國中站、榮星花園，這幾日我腦中總是出現在這裡居住的時光。剛開始只是早餐人與貓咪的住處，後來我一週兩天三天，一點點滲透進屋，連平底鍋都搬過來了。最早時，只有一張單人床，夜裡常見早餐人半個身子都懸空。後來我們把沙發跟床併一起（中間有奇怪的落差），變成上下鋪。有時天熱，她就打地鋪。我喊著：這樣不行了，我有罪惡感。只好拚命存錢買了雙人床，因為屋子小，還特別訂製了一百四十公分的寬度，朋友轉贈的沙發占地方趕緊送還，另買了一張小沙發。小小的屋子，什麼都是小巧的，只有一張特大餐桌，曾辦過六人早餐會，電腦也因為我常用的緣故，終於把主機換新了（當然也是努力存錢）。

來這裡之前，我跟貓咪也不熟，最初還曾被三花抓傷手，變得非常緊張。後來兩隻貓都跟我混熟了，早晚餵食、梳毛、說話、拍照，變成我依賴牠們。

我在這裡的第一個朋友，是美髮院的小瑄。手不好的時候，高舉過頭都沒辦法，冬天洗頭變成酷刑，我便去找最便宜的美容院，一週兩次去洗髮。巷子裡的小店，髮型師造型簡直像白髮魔女，卻是我走遍了這一帶價格最低，硬著頭皮進去。笑起來聲音足以震天的小瑄，三天捕魚兩天曬網的開店法，店裡時常就我們倆，還有定時跑來送飯送禮物的中年男人。開過酒店、卡拉OK，家裡父親殺豬，自己也曾市場裡賣竹筍的怪異女子，歷盡滄桑，卸了妝卻一臉清麗。有很長時間，生活裡除了早餐人，我只與她說話。後來她把店關了，說要去三重開餐廳。

早餐人工作忙，上班時間長，我把這一帶混得比她還熟。那時一直在寫長篇，生活規律像公務員，寫作吃飯運動洗頭，每天傍晚我都大街小巷去走，尋找適合我吃飯的小店。

偶爾的星期一，早餐人放假，我也不用工作，我們便到榮星花園去運動。我走路，她慢跑，最後在公園口會合時，我們咕嚕嚕喝水，擦汗，像公園裡常見的中年夫妻。

玩臉書之後，有了「早餐人」這稱呼，大家才知道我有這樣一個伴侶。

生活裡不是只有快樂的時光。在這個小屋裡，我們也曾爭吵、哭泣、冷戰，曾無比地悲傷，曾絕望而茫然。

寒冷的冬夜裡，我曾使她悲傷地痛哭。

曾經我非常想念我的書房，感覺它像被遺棄的小狗，孤單單落在中和。我的書房什麼都有，每次爭吵時我便說著「我要回中和」。中和，好像成了我的避難所；中和的套房，成為我們不能同居的理由。

這幾日困在紙箱堆裡，很緩慢地整理房子，白日裡我依然大街小巷去走：合江街、錦州街、龍江路、榮星花園……昨晚早餐人對我說「我們真的要搬家了」，語氣裡有許多不捨。她一定很捨不得那個一口爐小廚房，麻雀雖小，卻做出了令人讚歎的許多日早餐；她必然不捨陽台望出去的那幾棵欖仁樹；不捨每天出入時經過的這條小巷子，從路口轉進來，可以望見圍牆裡伸出的芭蕉成排，大台北市鬧區裡，拐個彎像走進了鄉間。

我幾乎可以撫摸她的心情，其中蜿蜒曲折，細微起伏，但她必然比我明朗且純摯。她總是很慢很慢才能喜愛什麼，她得很仔細才做出決定，當她鍾愛什麼、決定什麼，都是鄭重的。

即使健忘善變如我，也永遠不會忘記這個小屋，這裡大街小巷點點滴滴。今天傍晚我吃完飯，提著垃圾跟婆婆媽媽等垃圾車，心中也傷感了起來，但我慢慢走回家，推開門，貓咪喊著我。是啊，這裡是家了。建立一個家，拆毀一個家，二十五個箱子。

明天我們便要拆開二十五個箱子，下星期再加上另外我的二十個。還需要一大段時間適應，還有很多事情得處理，可是我想說啊：親愛的，沒關係，只要在一起，哪裡都是家。

## 10 01

### 地基主

今天搬家，我有拜地基主呢！這是我生平第一次自己去買燒金桶跟金紙，還買了雞腿便當（我問了幾個人都說要拜雞腿）。

拜拜的時候我講好久，把全家四口的名字都講了，還有很長的拜託文（又不是在寫臉書）。

晚上是回來書房睡覺的，因為新家熱水器故障，沒法洗澡。網路也還沒裝上。

報告完畢（搬家好累啊！睡覺去）。

# 10
# 02

清晨錯亂夢境醒來，就睡不著了。

在高樓的套房裡，窗外是灰濛的天色，氣密窗隔絕聲音，仍感覺到有風。我走到窗邊，從窗簾縫隙往下望，是中永和最常見的鐵皮屋連綿景象。以前我總站在這個位置抽菸，後來戒菸了，卻仍習慣站在這兒，索性擺了張書桌在這，寫字看書。

屋裡有大半的東西打包了，但住起來依然非常舒適的小屋。新家還在整頓，我們便走十五分鐘的路程回來這兒過夜。

累了一整個星期，我以為我可以睡晚些。夢裡的我是年輕時很壞的樣子，在幾個人之間周旋，心裡空洞洞的，渴望得到大家的喜愛，卻把事情弄得一團亂，無法收拾，傷人傷己。本是不值得一提的亂夢，我卻思索了很久。

每次這樣的夢裡醒來，就像有什麼被拿走了，但那是好事啊。堆積在我心裡的許多過往，那些促使我寫出那麼多作品的騷亂、不安、困惑，我想它們仍堆放在我身體裡某個地方，每次被夢拿走一點，像是置換。

曾經，我眼神如火，神色倉皇；曾經我體內住著一頭獸，使我疲於奔命。我時常提著一個行李袋子就出逃，那時需要的東西不多，彷彿什麼都可以丟棄。三十四歲以前的我，除了已經出版

滿

的幾本書，什麼都沒留下。我跳上火車、巴士、計程車、飛機，或是在深夜的街道上遊蕩，又走進更深的夜裡。

那些時日，所謂年輕啊，殘忍而痛苦。我剛從夢裡出來，記憶猶新，卻對那夢裡的女孩感到疼惜。誰也無法告訴年輕的我：後來的我可以得到平靜，日子真的有好轉的時刻，會有一天我可以馴服我體內的獸，我可以不再疼痛地躲避，或茫然地出逃。

也是在這個窗口，其實並不是非常久遠以前，〇八年冬天，非常非常寒冷，我大概是憂鬱症發作了（但多年來醫生不曾給我吃過抗憂鬱劑），覺得人生痛苦無望，不堪忍受。

我打電話給駱以軍，他非常溫暖地安慰了我許久，內容我大多忘了，只記得他說：「你難道不想看到六十歲、七十歲的我們寫出怎樣的小說嗎？」

如今我想說的是：是啊，我現在知道了，無論如何要努力活下去。

## 10
## 03

父親常說媽媽年輕時羞怯，吃飯只敢挾自己面前那一盤菜，說話不敢抬眼看對方，文靜溫婉。

我依稀記得那樣的母親，是我幼年的時候，每日放學她會幫我看功課。只有國小畢業的她寫得一手好字，會在讀書課桌椅附設的小黑板上用粉筆教我寫字。

那記憶似乎只有一個永恆的畫面：傍晚時分，小三合院的空地，我寫字，母親從狹小廚房裡走出來看看我，院子裡晚飯花綻開，課本大的小黑板上，一旁是母親的字，一旁是我的。

後來記憶裡的母親成了夜市裡的大姊頭，站上板凳，掄起麥克風就吆喝。無論多麼辛苦的時刻，總覺得母親像母獅子似的，與父親一起，帶我們穿過乾旱的大地，拚命尋找水源與食物。那樣的母親，與晚飯花開的院子裡梳著髮髻的她截然不同。

最近因為兩邊搬家，早餐人工作忙碌，我感覺自己也強壯起來了。過去因為生病與手痛而膽怯的事：提重物、搬東西、倒垃圾、扛著金桶過街、聯絡工人修這修那，奔波於新家舊家與書房，風中雨中來來去去……我突然理解母親是怎麼變強大的。因為生命裡有重要的人要護衛，你會將自己的身體膨脹成好幾倍，把你所愛的人收放進羽翼裡，會願意為了他們再努力一下。突然間，對自己進行的另一次的變身，或者說不得不的升級，就這麼展開了。

剛才早餐人對我說：「你辛苦了，謝謝你。」我想著晚飯花香裡的母親，想著母獅子般謀生的母親與私下其實憨憨傻傻的母親，那麼多不同的面孔。我想對早餐人說：「沒事的，過去那麼長的時間你都支持著我，現在換我來支持你。謝謝你讓我變堅強。」

## 10
## 03

這幾日睡得特別早，前一秒鐘依稀記得早餐人在跟我說什麼，下一秒我已經昏沉睡去。早早醒來，就下樓去買早餐。解決了一個紙箱屋，又來到另一個，我們在紙箱堆裡的茶几上吃早餐，感覺特別有意思。

這幾天都跟工人相處。早上王先生去合江街拆冷氣，還幫我們把燈座拆下，換回房東的燈管。王先生出門工作總帶著妻子兒子，三人組。我說要搭便車，他還來中和接我（也是中和人）。前往合江街的路上，戴著黑框眼鏡樣子很man的王太太腰上別著工具袋，硬是把後座的空位讓給我，自己就坐在堆滿工具水管等雜物的位置上。紅色箱型車破舊不堪，冷氣壞了，下雨天怕玻璃起霧，車窗開得敞敞的。夫妻倆都矮壯，看來近二十七、八歲的兒子卻很高大。一家三口都沉默，車廂裡有工具的味道。

工作的時候，爬上爬下扛主機的總是太太，兒子則負責管路等細部工作，王先生似乎是被太太寵愛著的，但看得出是行家師傅，或許受過傷或什麼，感覺家人不太讓他搬重物。三人組巧妙地搭配著（不知為何兒子的臉色總是很難看，夫妻倆似乎都很怕他似的），感覺就像是我筆下會寫的家庭結構。

我在一旁打掃，總覺得淨空的合江街小屋彷彿又回到最初的樣子，早餐人剛搬進來那天也是王先生一家來安裝冷氣，暗暗的客廳，還需要好好整理。

時光魔術把許多東西打還原形，看起來幾乎是倒帶重播。我把垃圾都裝袋清走，最後一個離開屋子。我心裡沒有傷感了，因為我知道，新的生活已經在另一處展開，這屋子以它固有的沉默陪伴我們近兩年，我恭敬地對它謝過，然後跟著王先生一家人大包小包下樓，又上了那台老爺車，匡噹匡噹上路。車窗外是濕冷的天，下午還約了黃師傅來進行另一組工程。

雖然疲累，卻有種奇妙的充實，每一項工作都盡可能地以最節省的方式進行，每一個階段都碰見非常良善的人們，每一天都筋疲力竭地睡去，真是扎扎實實的生活啊！

## 10
## 04

今天的任務就是洗廚師服。因為早餐人上班的店明天要開幕，別人都是穿美麗的制服，她當然就是穿廚師服。開幕之前已經準備快兩個月了（衣服都變舊了），平時兩三天洗一次，兩件交替穿，都還能維持潔白。這陣子搬家，洗衣機昨天才定位，昨晚她很慎重地說：「麻煩你了，請務必要在明天早上讓它變潔白。」

從小我就怕穿白色衣服。小學時，家人常不在，制服老是穿得袖口烏黑，受同學嘲笑，想不到我現在還是搞不定這些白色的東西。

先噴衣領精，加洗衣粉，洗衣機洗好脫水之後，泡漂白水十五分鐘，再丟進洗衣機洗。嗚！衣領變白了，可是沒注意到下襬很髒。哇！

當然就是再噴衣領精（噴在下襬可以嗎？）然後加上洗衣粉再洗一次。

整整花掉兩小時，啊啊啊。

結果，距離很潔白還很遙遠啊！而且還得把它弄乾。天氣濕濛濛的，明天早上真的會乾嗎？現在送去洗衣店來得及嗎？

後來我把它放進小房間用除濕機吹。希望可以變乾啊（感覺拿去烘乾會縮小的材質）。

當初廚師服怎麼不選黑色的啦！（寫小說可以，洗衣服真不是我的強項啊。）

## 10 05

## 到底是買床架還是買床墊？

這兩天我們已經在新家過夜了。雖然屋子還很亂（因為我的家具書籍都還沒搬來，早餐人又忙，家具都還不能定位，東西無法上架），但因為空間很大，看起來也不至於有壓迫感。每天晚上早餐人在浴室洗澡時都一副不敢置信的樣子，喊著「浴室好大啊，好感動」（真的沒那麼誇張，不知為何她如此讚歎）。

目前過得很舒適的還有貓。以前在合江街常皮膚過敏的三花，因為有自己的房間啊，才幾天，過敏全好了。從前夜裡老是唱著歌劇，以不同聲調哀嚎一夜，最近也只是輕喵兩聲，與饅頭輪流跳上窗檯，望著對面人家的院子，很安適的樣子。

主臥室的床鋪還沒安頓好，阿嬤的衣櫥還需要大整理，所以就睡客房——放著床鋪衣櫥幾個箱子幾乎就爆滿的小房間。陽台臨著對面的幼稚園，早上七點半開始就陸續有摩托車聲、小孩上學的嘩嘩聲……但我們倆長時間都住在套房，對於這種「真正的房間」都很嚮往，每晚一關上房門，彼此都很讚歎地說「睡真正的房間好好，小小的很有安全感」。

這幾天最頭痛的是，上回提到台中的老朋友不辭辛勞為我把阿嬤的衣櫥載上來，還給了我一張檜木床，想不到老家具尺寸也是老，床架的長度只有一百八十二公分。現在的雙人彈簧床都做一百八十八公分，而這老床又有個床尾板，是工字造型，長度是固定的。

老床架配老衣櫥真的很搭，我們都非常喜愛那個床鋪，淡淡的檜木香，好有阿嬤的味道。但雙人床塞不下怎麼辦？

## 10 06

昨晚人在香格里拉的朋友好像有感應似的打電話給我。我低聲問他：「ㄟ那個，我想把床架改短……」不知是國際電話收訊不好，還是他不好意思直接拒絕，他只是反覆地說：「你要不要去訂製一張床墊？還是改天我上去載回來？」隔著千山萬水的，想他正在人間仙境裡，還是不驚嚇他了（是個家裡堆滿老東西的古董癡漢啊）。

我與另一個看過阿嬤衣櫥的朋友討論（又一古董癡漢），他建議我到家具行買最簡單的床台，越矮越好，說其實床台簡單方便，也很牢靠，搬動也很便利。我問過家具行，這樣只要幾千元就解決了，於是就痛快地訂貨了。檜木床架可以拆，就先放在房間裡等朋友雲遊四海回來，原樣還人家。

一早就被樓下的工程車吵醒，到現在工程還沒停吶。中午時聽見天上轟隆作響。我沒來得及探出去看，卻聽見樓下幼稚園的小孩都在歡呼。咦，難道是飛機？如果是的話，也太近了。我之前住的摩天大樓，氣密窗一關，外頭啥動靜都聽不見，時常下雨了也不知道，這兒卻是雞犬相聞啊。饅頭貓總是跳上窗檯看著外面動靜，斜對面院子裡的狗一到天黑就嗚嗚地叫，樓下摩托車未熄火，路燈下青少年大聲地送別（像是在吵架）。

這裡白天並不安靜，是市井的聲息，走出巷子過到對街，就是蔓延好幾個街區的超大黃昏市場。有人路過了，鄰居吵架了（有時吵架的是我們），孩子們大聲對老師提問，房東太太遛著她那幾隻身體有殘疾的狗，小孩上學放學，鐵工廠的機器運轉……

每當早餐人快下班了，也是街巷裡安靜下來的時刻。她加班的時候更晚些。我把收音機關掉，聽那靜得幾乎可以聽見心跳的靜寂裡，偶有摩托車呼嘯而過。一天過去了，彷彿有些累，又有些說不上來的空；好像很快樂，又有那麼些孤寂。

我喜歡這樣的生活。

## 10 07

我們都有些累了。但今天還有一車我的東西要搬過來，下午王先生（三人組）要來裝冷氣（上回拆下後帶回去保養了）。這些日子一直靠著幾個塑膠袋裝著衣服與生活用品過活的我們，像在自己的屋裡流浪。

這陣子日記裡寫的都是搬家的細瑣，我想起自己後來的寫作，也會進行很細碎的生活細節描寫。年輕時，人生是沒有細節的（小說也沒有），生活裡所有一切都像魔術，忽地出現，忽地又消失，移動，變遷，離開，開始。在年輕的我快速而運轉不休的時間感裡，只有重點。一切都是經歷。

年輕的我也曾日夜奔襲，曠日費時地建造什麼或拆毀什麼；曾痛苦無比，曾歡快無匹，而永遠有新的事物追上來，新的故事發生，新的風景、人物、遭遇，等著給我更新的衝擊，一切是那麼飽滿、豐盛。明天，即使感覺痛苦得不想再活下去的明天，都那麼像是一連串停也停不了的列車飛撲而至，把我帶離當下。未來是用不完的。

後來時間靜止了，慢速的時間，卻反而飛快。因為知道時間飛快，而我們日漸疲憊的身體精神追不上那時光流逝，於是把所有動作都放慢了……

慢慢凝視，慢慢收集，慢慢放開，慢慢積攢，慢慢張開斑駁的手又聚攏，將生命裡每一個日子無論過去現在收攏在掌心裡，盼望能讀得仔細一點。

我送她出門上班，她有些疲憊的眼神還是像小狗那麼晶瑩。「加油喔！」我對她說。

慢慢生活。我對自己說。

## 10 08

昨晚睡在主臥室（好令人感動的詞啊！裡面還有半套衛浴呢），後來早餐人想出兩全其美的辦法（感謝好友Morris幫我們搬來搬去），把檜木床的床頭板（有十五公分之厚）放在床台前面，於是我們就有一張聞得到檜木香味又能放下一百八十八公分床墊的大床啦！結果非常搭配，也很牢固。檜木床其他部分都可拆開，暫時先擺放一旁。

別說什麼主臥室了，我們一直都是住套房，連去朋友家借宿，睡在兼作儲藏室的客房都覺得感動。我們也把這兒的客房布置舒適，希望有朋友來時也能讓他們覺得開心（客房有個陽台，是晾衣服的地方，窗外就是幼稚園了）。

搬家終於告一段落。

滿屋子的東西，你的我的我們的，凌亂地交織：牙刷七枝、漱口杯兩只、手提收音機兩台（都能播放CD卡帶那種老東西）、書桌三張、電腦椅兩張。箱子裡的書有許多是重複的。是相識之前的更久以前，青年時光，我們讀著一樣的書（馬奎斯、米蘭昆德拉、瑞蒙卡佛、格雷安葛林、約翰厄文、村上春樹……難以計數的重疊）。

喜愛的唱片也相似得驚人。

我們驚訝地從彼此身上認出那些相似，又惶恐認出了那麼多相異。

眼前的所有物品、生活日常、書本唱片衣物毛巾杯盤，大大大小展現著各自的生活；成為「我們」之前，你與我那漫長的過去，肉眼可見與不可見的，微物有神。

我慢慢拾掇著這些相似與相異，我猜想，等到全部融和成彼此最舒服的樣子可能需要很長的時間，我們就靜慢地摸索更多。

## 10 10

忽忽一星期過了，昨天好友楊大俠來幫忙家具定位，客廳還有許多有待調整，但主臥室卻已經完成。本來是七拼八湊的家具，大俠與早餐人竟能在房間裡做出一個小客廳：老家具、老茶几、老床頭、咖啡色無印良品的小沙發，舒服得讓人不想走出去啊！往後這裡是我的書房與我們的臥房，這幾日我在這兒看稿，工作起來特別順手。

說起主臥室，年輕時第一次與女友同居，睡的也是有衛浴設備的房間，我與她搬過好多地方：頂樓加蓋的小房間、東海別墅附近的一房一廳，甚至遠征到梧棲鎮一棟透天厝的二樓。她有車，所以是想住哪就住哪，我則不知道自己要什麼，女友說去哪就去哪。後來她與我家人一起合夥做生意，錢都拿去投資了，生活得儉省，除了一張彈簧床墊、一個電腦桌、一個三和布衣櫥，就什

麼家具都沒有了。床墊是直接放在地板上睡，電腦桌是家樂福買回來DIY九百九十元。那時她養了很多狗，所以也沒買沙發，就隨便幾張矮椅子放著。住的是鄉下的透天厝，一樓是堆滿手錶的工作間，二樓養狗養人，三樓是倉庫。生活已經被工作占滿，沒有心思想到如何使生活環境舒適些。

大約是那時起養成的習慣，無論跟誰交往，住在哪兒，只要把書桌電腦搞定，房間裝上窗簾（睡覺非常怕光），我的心就能安定下來。

後來的我，擁有的東西越來越多了，無論是朋友情人相贈，或我自己購得，滿滿一屋子應有盡有。昨天早餐人與大俠就很詫異地發現我有鋸子、鐵鎚、六把刀子，以及無數的工具跟延長線。

想也知道是因為當時住在大潤發樓上啊！缺什麼都可以下樓買。

我最鍾愛的，是父親給我的一套音響，從二十歲至今，無論生活如何動盪，我總帶著它。因為線路複雜，每回搬家總得有人幫我安裝，那是我與家人之間最顯著的連結。於是，當所有物品安頓或沒安頓，屋裡或凌亂或整齊，每當音響裝置好，放進CD，屋子裡就迴盪著老機器特有的音質。它既不高級也不精美，然而漫長歲月裡，它一次也沒壞過。線路接頭上黏貼著歷任情人為了標記黏貼的標籤紙，忠實而固執地，就像父親守護著我。

# 10 11

## 時光不能回頭，日記卻可以倒著寫

自從搬到此處，最開心的應該是貓了（不用打包整理掃地就有新家住）。三花與饅頭，是多年前早餐人收養的，〇三年我們有過兩面之緣，如今我成了牠們的媽。

年輕時我養貓，曾養過白波斯、藍波斯、米克斯等，大多是路邊撿的。後來的女友養狗，便貓狗混雜，也相處甚歡。

與她分開後，我再也沒養過動物。正如買了套房的心情，若是非得孤獨終老，那我情願獨自一人。主要也是因為工作需要，時常得旅行，那時我的屋子也像旅館房間，沒有家的氣息。

剛與早餐人結婚時，決定要不要同居的最大的考量其中一點，就是因為貓。那時正病著，身體到處過敏，以前曾熱情撫愛過的貓卻成了我想像中過敏的來源。我怕貓毛。

後來的解決之道是把貓養在陽台上。那時合江街屋子小，陽台卻超大，我們把陽台細細布置，貓咪的日子似乎也快活，只是三花時常夜裡嚎叫，想進屋來，饅頭經常發揮蜘蛛人的習性，整個爬到紗窗上。日常裡都是我餵食、早餐人清貓砂。在合江街生活的日子，是貓陪伴著我。

今年四月，三花的皮膚過敏，時常發炎，醫生看了不少，後來甚至還吃類固醇，時好時壞，人貓都苦不堪言。

搬到這屋子才幾天，三花的過敏全好了。以前老愛打架的牠們，如今各有據地（貓屋裡堆放大小箱子與櫃子，還布置了些不織布箱子，都成了牠們的玩具跟藏身處）。饅頭最愛跳上窗檯，對著窗外對面人家院子裡的樹猛瞧，偶有鴿子飛過，有狗鳴叫，任何動靜牠都不錯過。饅頭是迷你貓，天生個頭小，早餐人老說牠其實傻傻的，上廁所不會蓋貓砂，砰砰砰弄得像是要把廁所給拆了。饅頭也不會玩逗貓棒，客人來了就一溜煙躲，但我好愛看牠靜坐窗檯，總覺得是在沉思（早餐人說，那根本是放空）。

三花啊，一直讓我又愛又恨。主要就是吵，夜裡吵起來幾小時不停，非常固執（其實是身體不舒服）。傻大個的外型，卻非常愛撒嬌，客人來了誰都好，就想要人疼，跟人玩起來沒分寸。但我喜歡她的大咧咧，矖豬肉似的攤開肚皮，喜歡她那種撒賴，可以融化冷漠的心。牠們住進貓房來，我為三花準備了一塊毯子，牠天天在上頭練瑜珈。夜裡沒再吵過。

我無法像一般愛貓人那樣抱著摟著貓，讓牠們滿屋子自由地跑，心裡常覺得愧疚，但我有愛牠們的方式：勤快地整理屋子，清理貓砂，細心地梳毛，時常與牠們說話，或靜靜與牠們對看。

有時我開門進貓房，兩隻貓不知躲哪去，喊了一會才慢吞吞走出來。咦？有什麼事嗎？我只是來看看你們。沒事，我們過得很好。

不只是貓啊，似乎我也是這般的。這屋子使我們的神經質都消失了，天空地闊，走來走去，終於，這裡是我們的家了。

我想，連貓也需要自己的房間。

## 10 12

想賴個床也沒辦法，被幼稚園的音樂課吵醒了。

早餐人終於受夠了每天吃漢堡店的早餐，買回了雞蛋、熱狗、甜豆、麵包，早上很快地做了簡便的早餐（我才拿出相機她已經吃了起來）。只是煎雞蛋、水煮德式香腸與甜豆，配著便利商店買來的麵包，仍吃得我們心滿意足。

「外面是廟會嗎？」上班前早餐人無奈地問，那個敲鑼打鼓啊，真像廟會。

左搖搖右搖搖上拍拍下拍拍，一二三四五六七……老師學生一起大聲唱著，敲個鑼打幾下鼓全沒在拍點上，我好氣又好笑。這幾天下來我習慣了孩子們各種聲音，但今天最怪的是，鑼鼓聲中突然會響起類似聖誕歌曲的英文歌聲（似乎是附近鐵工廠的工人在聽收音機），或者，難道，小孩已經在練習耶誕晚會的活動了嗎？完全不理解。

生活裡各種的聲音，孩童的聲音、工人的聲音、器械的聲音、垃圾車的聲音……我彷彿抓到了一天裡各種時辰的節奏（假日又是另一種），配合著晨昏早晚，我的一天，寂靜又喧囂。正因為是生活在喧囂裡，每當夜深，世界安靜下來，那份安靜使我如此愛惜。我的生活秩序就這麼建立起來了。

貓咪如何理解外面的各種聲音呢？

接下來幾天是大大地忙碌啊！然後下星期就要去北京了。

## 10
## 13

連孩子們的體育課也吵不醒我們，昨天真是累到了。我是去工作，她則是回家後還加班煮老闆指定的牛肝菌菇雞肉燉飯。晚上十一點多我們就在餐桌疲憊地吃著實驗品。「好好吃啊！」我們喊著，其實平常是不吃消夜的。

因為早餐人的工作時間，我們大多是晚上可以相處一、二個鐘頭，早上也大約一小時。時間少，都很愛惜，有時握著牙刷還在聊天。當然也有忙得幾乎說不上話來去匆匆的時候，就會覺得「好奇怪啊」，然後想辦法找時間相處。

夢裡，舊情人都來了，奇妙的三人組，她們都穿著黑襯衫牛仔褲，剪著不細看無法看出差異的髮型，非常好看的模樣。她們在客廳裡說話，我好奇地一一檢視她們的髮型，確實是厲害的設計師為每個人量身打造的髮型啊，使得她們看起來都非常酷帥，而每一個人又各自有其獨特的風格。

她們像往常那樣聊著天，偶爾數落我，我則是因為要去北京需要買外套而匆忙地準備出門。

「又要去亂買衣服啦?」早餐人說;E與M邊抽著菸,邊喝啤酒,半開玩笑地說「盡量買多一點」。

那是個老房子的一樓,屋裡家具都是我最喜歡的早期台灣老物件:綠色皮沙發、造型流線的茶几、結實的藤椅,在這些如時光造景般的老家具裡,她們三人像是美麗的未來世界之人,使暗暗的客廳散放一種難以言喻的光。

「我出門囉!」我說,非常近的距離。我推開木製拉門,忍不住還回頭看了她們,她們在時光之流裡,少年般地偶有一句談笑,偶爾你拍我的肩膀、隨意地看了我一下,又回到那散漫的談話裡。

我便上街了。

生命裡並非每個愛過的人都能如夢裡那樣仍存在我的生活裡,使我偶爾可以參與他們的生活;而幸運地有這樣的時刻,我真的常有說不出的幸福感覺。並非因為曾經愛過或被愛過、且是這樣美好的人,而是,我們竟能以某種方式保留著那生命裡曾經的喜愛,自然地置換成一種說不出是友誼或親情或知己或什麼;可以說就是感情,純摯的。而愛情裡曾有的歡喜快樂悲傷無奈,或陰錯陽差,像被某種溫暖的手法揉搓、滌洗、撫慰、淘選過了,我們各自一定都有其實無法對彼此訴說的,關於過去的種種記憶的殘餘,甚至關於如何遺忘、如何原諒。而幸運的是,還有其他力量使我們能繼續地,或遠或近,持續地關心對方。

當然,生命裡有些重要的人,你知道是永遠不可能真實出現那樣的客廳裡,和諧地給予你祝福。你們或許再也不見了。你們已經徹底離開了對方的生活。

而我記得老師說過的,「不愛也是一種愛」。

我從夢裡醒來，我們像小動物一樣（隔壁的貓可能也是這般的）伸手遮擋著好溫暖的太陽，設法想再多睡一會。「我夢見你們囉！你還有E與M。」我口齒含糊地說著我的夢境，就像過去那樣，我生命裡各種經過、發生、快樂的悲傷的難堪的殘酷的，我總是對她說。

我總是對她說。

## 10 14 陳雪專訪早餐人

早餐人一直覺得「早餐人」不是她。本來只是我隨興臉書上寫寫，沒想到受到大家如此的注目與喜愛，後來報紙上報導了陳雪與早餐人結婚，現在弄得連朋友都喊她早餐人。她說：「感覺很奇怪啊！」

但早餐人不是一個很可愛的名字嗎？我問她。

「這不是個正常的名字。」她抗議地說。

「那，難道要寫出你的本名嗎？早餐人寫的明明就是你啊！」我說。

「那只是我的一小部分啊，不能代表我的全部。」她嚴肅地說。

「以前我也覺得陳雪只是我的一部分，演講場合以外的地方被人問起，我還會說那個不是我，久了你就會習慣了。」

「那是因為你的筆名是陳雪，不是早餐人這種名字。」

「為什麼？」

「請你試想以下的畫面：

「《無人知曉的我》早餐人著

「《附魔者》早餐人著

「《迷宮中的戀人》早餐人著

「《惡女書》早餐人著……

「這樣沒有很奇怪嗎？」（我……我……我承認確實怪怪的。如果我的筆名叫做早餐人，我應該會寫出比較可愛的作品吧……如：《迷宮中的早餐》、《惡魔的早餐》、《正餐與附餐》、《天使熱愛的早餐》……）

專訪只進行了一小部分，我們就笑倒在床上了（沒有其他暗示，純粹因為我的書桌就在床邊）。如果叫做陳早餐呢？（我都還沒說完，感覺已經有劍光飛來。）

哈哈哈，真是快樂的一天啊！

# 10 15

託妹妹的福，今天有早餐吃！

雖然廚房還沒整理好，昨天也沒買菜，因為妹妹來訪，早餐人還是設法變出了三人早餐。好期待安頓好之後真正的早餐啊！（遠道而來的妹妹此刻正在幫我們整理廚房的鍋碗瓢盆。）

只是去一趟北京，才八天，卻覺得行前好忙碌。有一些邀約，有幾篇稿子得寫，新家還沒安頓，家事很多。（人妻甘苦啊！）昨天我終於去染頭髮了，感覺清爽許多（國中就開始少年白，是遺傳自爸爸，弟弟妹妹也都很年輕就頭髮花白）。昨晚早餐人抱怨地說：「為什麼平時不染頭髮，出國才要弄漂亮？」

想不到她還會吃醋啊。我趕緊安慰說，因為這次去大陸有很多活動啊，況且回來後你也可以看。睡前她迷迷糊糊地抱怨：「平時也要打扮給我看啊……」妹妹在客廳看電視，我們在房裡卻絲毫沒聽見動靜，真好，是真正的房子。

陰雨天裡送她出門上班。「我去上班了，你們好好玩噢！」她穿著襯衫，背著書包，腳步蹣跚，像不情願上學的孩子，很孤單似的，又回頭看我，我才想起，今天星期六啊，真是辛苦了。

## 10 17

主辦單位請我填保險受益人，我填了早餐人的名字，呵呵，感覺好讚！

我一直在想，如果告訴爸媽我跟早餐人結婚的事，他們會有何反應。我想最直接的反應該是「真是虧大了，不能放帖子跟親戚收紅包」。

老實說，我想像不出來。像我那麼酷的爸媽，很難幫他們編造對白。

那日與妹妹討論此事，她也說不知道爸媽會有何反應，我們甚至連他們至今有沒有看到新聞都不確定，唯一可以想像到的結論是，他們的生活依舊，不會大驚小怪。

既然如此，為什麼不乾脆跟他們說呢？

「媽，我阿雪啦！有沒有看到我結婚的新聞？」

「媽，我阿玲啦！（講本名比較有誠意），有沒有鄰居跟你報告我的喜訊？」

「爸，對，報上那個就是我。」

開口真的很困難。

每回遇到記者訪問，說起我還未向父母稟告，都覺得自己很心虛。我也是寫作很多年後，父母才知道我是作家，「先斬後奏」是我的生存之道。

父母都是殷實的鄉下人，卻也是風浪裡打滾過的人，我不確知他們對於同志的看法，但我卻知道他們會以某種方式理解與接受。我猜想，保持沉默，是他們接受我的方法。

每年我都到早餐人家吃年夜飯，某些假期也會帶她回家吃飯。我們盼望隨著時間累積，年復一年地，許多事不言自明；那些難以言說的，時間能夠為我們解釋。

他們沒問，我不主動；他們若問了，我必然仔細說明。

但我仍偶爾幻想，我與妹妹和媽媽聊天的夜晚，我脫口說出（或她脫口說出），談起結婚的新聞，我要對她說：「媽媽別擔心，我們過得很好。」

## 10 30

### 同志大遊行

昨天遊行真的太快樂了！現在還感覺很陶醉（以及腳痠）。

跟一群拉子好友一起上街，我們都穿得日常（但我很粉紅），相約明年要來扮裝了。起初是說要來扮成KERORO以及他的戰士們，後來又說要戴彩虹假髮，我當然是選桃紅色的。這次遊行的主題是「歧視滾蛋，彩虹征戰」，歡樂之餘，也為今年幾個歧視事件（真愛聯盟、愛滋感染者捐贈器官）作更深入的辯證。我上台時忍不住也激昂起來（因為廣場太大，怕大家聽不清楚，我都用吼的）。

從第一屆遊行至今，除了人在國外，我幾乎年年參加，但上台說話是第一次。原本我很緊張，因為只有三分鐘發言，怕自己講得不清不楚，沒想到台下的朋友們給我好多支持啊！超感動。

結束後，朋友們一起去師大吃飯、逛街，等早餐人下班後又移師到我們家喝酒（我只喝熱水）。最近疑似因為工作太累而出現憂鬱現象的早餐人終於笑開了（因為朋友都在，隔天放假，有啤酒小菜，以及，呵呵我沒卸妝啦）。夜裡唏哩呼嚕地非常疲倦但終於有稍微親熱了（羞）。

今天一直睡到十一點都沒有小朋友打鼓（幼稚園放假）。

星期日當然要洗廚師服，一次洗兩件，早餐人親自出馬示範，我負責掃地。真開心，簡直像在玩。

老闆交代她要買生鴨蛋，我們就去找菜市場。住處離四號公園很近，卻一直沒時間去。我們穿街走巷，發現巷子裡好多可愛的老房子，早餐人每次都說「嗯，這裡可以開咖啡店」。吃了「龜嫂什錦麵」，好吃又便宜，吃得很撐。繞去永安市場買鴨蛋，第一家雜貨店只有土雞蛋，買了六顆（做早餐），走進逐漸收攤的市場，終於問到另一家雜貨店賣鴨蛋，鴨蛋很大顆，買了四顆。

提著雞蛋與鴨蛋去咖啡店，店裡都是年輕人，我們好像老太太啊！

# 10
# 31

晚上跟早餐人的同事去寧夏夜市，風很大，把攤位上的塑膠棚子吹颳得飄搖不定，有些店家還忙著拿繩子固定。一行人吃吃喝喝，因為變天，我的胸口疼痛，食欲並不好，但也開心地走著逛著，東吃一點西吃一些。之前的北京行，除了兩岸青年文學會議，接下來的行程是為《橋上的孩子》簡體字版出版的暖身活動，幾乎每場演講座談採訪我都談到「夜市」、「市集」……

那是多年前的作品了，小說在洛杉磯開始動筆，從二〇〇一年斷斷續續寫到了二〇〇三年，幾乎每寫一章就會結束一段戀情。開始寫第五章〈雲的獨角獸〉時，與年輕時的早餐人戀愛正濃，小說無可避免地染上了熱戀的氣息，而小說尚未出版，我們就分開了。

我搞砸了一切。

記得當年出版，我仍在劇烈的痛苦與混亂中，對生活周遭渾渾噩噩，幾乎連看校對稿的能力都沒有。那一本書的存在變成了一個小說家對於小說創作改變了其人生現實的慘痛對比，而即使現實人生改變了，我也無法更動小說的內容，因為那確實不是我的自傳。

小說靜靜地上市，靜靜地進入書店，或離開書店，我繼續著令自己困惑的漫長而黑暗的摸索。

直到得了開卷十大好書獎。

我幾乎才像是從漫長無止境的黑夜裡終於看到一點點光那樣循著光源走去，然後又花費很長

請勿張貼
滅火器

時間寫《陳春天》、《無人知曉的我》……已經二〇〇六年了。

今夜我們走在鬧市裡，我還能聽見我對著北京的聽眾說著那橋上的孩子、市集裡的女孩，說的是最初。關於後來，我一直沒能力開口說出來。

小說家不為療癒自己而寫，因為那樣有違寫作的專業，但奇妙的是，正因為你是那麼專注於對小說藝術的追求，那麼忠於小說這行當對你所進行的各種艱難的要求，漫長時間過去，這些作品卻真正地療癒了這個勞苦的寫作者。就像分開的這些年裡，早餐人也在遙遠的某處，一直不斷地烘焙餅乾、製作蛋糕、製作咖啡。

寫作於我幾乎變成一種絕對的勞動，我像一個工人那樣地寫，而她真的是一個勞工，日復一日地，生命裡強烈的悲傷、難以言說的痛苦、無法理解的傷害，緩慢地，幾乎不可見卻真實地，被修補了。

於是多年後我們重逢的時刻，我們都變成了另外一種樣子。但我們卻仍認得對方。

過去與現在，我們走在鬧市裡，下定決心要守護對方。那在最初是一種浪漫的憧憬，是一種神祕的召喚，而如今，變成了再真實具體細微瑣碎不過的生活日常。

曾經有過的艱難、凶險、慌亂、殘酷、困惑，成為這看似簡單幸福的柔光裡，最複雜也最堅實的景深。

我在北京與史航的對談裡提過，「那些就像豹子身上的斑點」。

是啊，所有曾經的發生，都是豹子身上的斑點。

# 10/31

屋裡還是很亂啊！每個週日，早餐人放假時都在上書。以前我自己的書從不分類（因為不會分類），只是粗略按照大小排上書架，每次要找書都得靠記憶。記憶當然不牢靠，於是就得東翻西找，喜愛的常看的重要的書大概都記住位置，但因為沒有隨手歸位的習慣，下次還得重找。

生活裡充滿了這類小小的刺激。

如今兩個人的書全雜放在一起，當然不能這麼著，喜歡整潔與秩序的早餐人鐵定受不了。昨天她用電腦椅當運輸工具去貓房裡把書搬出來，先分類（如經典文學、日本文學、華文創作、文學理論等）。因為書架很深，可以放兩層，少看的書得放內側（打入冷宮），常看與可能翻閱參考的就放外側。難道是因為在出版社與書店都工作過嗎？她把書分類上架的能力令我激賞，卻也讓我無法幫忙。每當我好心想幫忙擺幾本書，就會出現早餐人的驚呼：「《我愛羅》是日本文學嗎？」「為什麼卡爾維諾放在大江健三郎旁邊？」

呵呵越幫越忙啊，於是就忍心讓她獨忙了。很多書都是兩套或兩本，我都自願放棄我自己的，因為書架太少了，有些大約要賣掉吧。當然也有捨不得賣的，更有覺得兩套放上書架會很光榮的（如波赫士全集）。

目前上書工作只進行了一半。她去上班我就沒轍了。

然後就是整理衣服。

哇哇哇，我的衣櫥是災難啊！因為不想讓她幫忙（這樣偷偷買的衣服就會被發現），我都說「別碰我的衣服，你整理過我會找不到」。其實不管誰整理我都找不到，找東西是我生命一大課題，是我的樂趣，我的人生寫照。

衣服能不能像書本那樣分類收好呢？這對我是個難解的謎。

早餐人的衣物很少，而且大多是很久以前保留到現在，許多早已不穿了，生活裡就是三件白襯衫幾件牛仔褲、內搭的素色T恤數件，重複重複穿。

## 11 02

最近早餐人常在睡前看手機，因為尊重她的隱私，我都沒偷看她在幹嘛，後來才知道她在看臉書，而且是我的臉書啊。（真的不是看其他美眉嗎？）真奇怪，有時我明明躺在她身旁，她還在看我臉書……（為何不看本人？）難道她也迷上了「人妻」？呵呵呵，據說上班時她也會偷空看我的臉書。我問她為什麼，她說這樣才知道我一天過得如何。

而且她都很認真幫我按讚。

今天陽光真好，到處明豔豔的，我便把窗簾都拉開。貓房的窗外正對著鄰家的院子，有果樹，今天發現類似橘子的果實落滿地了，有鳥在地上啄食，早家的貓咪們趴在窗檯上望著那些鳥，神情相當專注。

昨天忙了一天，下午接受採訪，晚上去看中醫。到處下著雨，我提著師大路買的麵包走來走去，因為穿著長裙，老覺得裙腳濕。

每回記者問我覺得自己是怎樣的人，我總覺得好難回答啊！我心裡首先浮現的字眼是：成熟、穩重、賢慧、敏銳……但當然是相反。後來我就老實地說：天真。又自以為聰明地加上了「複雜」。

「肚子痛。」今天早上我對早餐人說。因為太常肚子痛，我跟她都不以為意了，聽起來像是「歐嗨呦」這種問候語。窗外是小朋友的音樂課（是有督學來了嗎？今天大家都特別賣力喊），屋裡是我在床上滾。「肚子痛。」我又說，早餐人竟還睡得著。我又鬧她，她睡眼惺忪醒來，問說：「為什麼你這麼幼稚啊？」我呵呵笑了幾聲，說：「因為住在幼稚園旁邊。」她一笑就醒來了。

屋子到處還是亂糟糟的，但住起來好舒適，因為有很多空間可以跑來跑去，一個人在家也不會無聊。但每天一入夜，十點鐘餵過貓，還是會想著：嗯，今天她會加班嗎？然後仔細聆聽窗外的腳步聲。

早上餵完貓我泡了熱茶，把昨天買的三明治拿出來退冰，陽光正好灑進餐廳了，我們細瑣地聊天，吃著簡單的早餐，送她去上班，這麼開始了平凡的一天。

## 11
## 03

作噩夢了。

夢裡我與早餐人去參加研討會（就是那種作家學者排排坐，一場接一場從早到晚才結束的），地點是溪頭某個活動中心之類的地方，所有人三天兩夜都住在那兒，像關禁閉似的。

作家非常多，我清楚記得的只有胡淑雯，因為我被排在跟她同台。我們的活動是第二天晚上最後一場，但時間一直延後。我與早餐人坐在台下，等著那似乎永遠不會結束的發言，但我心裡一直有奇怪的感覺，好像有什麼事弄錯了，突然間我才想起我同時間答應了另一場演講，也是座談，地點是在彰化。

眼看只剩下一小時了，我完全不知道該如何處理，立刻打電話給主辦單位，說明原委（問題是夢裡的我並不知原委，只好一直道歉），請他們取消活動，或找另一人代替。

夢裡我還提議可以去找吳音寧（真是個充滿老朋友的夢啊）。

等我講完電話回到會場，我們那組已經開始了，我卻突然忘了講題，徹底忘了為何要到這裡來、台上的人到底在討論什麼。我遲遲不敢走上台，便往反方向溜走了。

我一直在那棟入夜看來陰森的建築物裡走動，也不知道出口在哪，途中遇到一個奇怪的男人，像是熟識，又不認得他。我問他出口在哪，他拉住我的手，說要帶我去。就在這時，早餐人跑出來了。「你為何拉著她的手？」早餐人很生氣地說。

我拚命想解釋，卻也不知該如何解釋，我就說：「早餐人我們走吧！快點離開這裡。」

「這是一個噩夢。」我說。對，那時我就知道是夢了。

「所有事都不是真的，我們只要趕快醒來就好了。」我說。我們甩開那個男人趕緊跑下樓，就在那迴旋梯裡無盡地奔跑著……

醒來時，夢中一切仍那麼清晰，窗外的摩托車聲，孩子們隱約地開始準備上課了，早餐人用手擋著臉睡覺，白色窗簾透進光，屋裡隱隱約約的，彷彿夢還殘留在屋裡。是什麼呢？我把身體滑向熟睡的她，從側面抱著，她溫暖的身體發散著夢的氣味。

矇矓中她含糊地說：「太太，你會跟我在一起很久嗎？」

我拚命地點頭。「當然會啊！」我說。

叮叮咚咚鏘鏘鏘，小孩樂隊終於啟動。這時，早餐人的手機鬧鐘也響了。

我們安然地回到現實世界裡的小屋來。

# 11
# 05

早晨，是我做的早餐呢：煎雞蛋（市場買的土雞蛋）、烤香料口味的麵包（奇怪我拿的明明就是起司口味啊，但一樣很好吃）、削好的蘋果、熱熱的紅茶（我是喝白開水，因為喜歡的燕麥奶喝完了）。

依然是溫暖的一天。

我總覺得早餐人今天不快樂，可能是上班到星期五就特別疲憊（而且還一直是全天班），可能是前陣子累積的疲勞與天氣變化的憂鬱，可能是因為我總是熱中於自己的工作（才剛從北京回來啊），可能是家裡還那麼亂，但這個週日我們還得去拍照。

有非常多可能，也極可能她的憂鬱就像許多人的憂鬱，由生活裡瑣瑣碎碎的壓力辛勞無奈積累而成。一般人到了星期五可以期待星期六的放假，她還得多等一天。而好不容易星期日放假了，一轉眼天就黑了。

有時她出門上班，我會因為自己可以這麼舒服地在家寫作而感到難過，雖然在台灣專職寫作並不容易，但畢竟我已經習慣了，也懂得如何謀生。即使辛苦，做的每一件事都是自己喜愛的。

這讓我想起以前。每當下雨時，我總擔心父母在夜市裡的營生，擔心他們為了多賺點錢而淋雨，擔心父親因為提早收攤而焦慮。每當寒冷的冬夜，我在溫暖的書房裡看書，總想著父母在寒風裡日復一日地等著客人上門，一件二十三十元的收入，是這樣把我們養大。

以前的我不快樂，因為我身邊的人也不快樂。我憂傷於自己的力量不夠，我自責於選擇了一個無法賺錢供養父母的工作；我一邊感到寫作是我的天命別無選擇，一邊卻又在自責與內疚中過活。

如今的我不想再那樣了，我要打起精神來，我知道自己做的是重要的工作，我知道要堅強且堅定地過自己選擇的生活，才有力量去愛我所愛的人。我知道每個人都有他的人生得背負，身邊的人能做的就是耐心地聆聽，且溫柔地支持。

我想說，親愛的早餐人，無論你想做什麼，我都會支持你的，就像你一直支持我那樣。無論什麼樣的生活，我們都會一起度過的。我想說，但願有一天我能支持你，去法國藍帶學校上課！去任何你想去的地方學習。開一家自己喜愛的店，安靜地做料理……我會一直努力下去的。

生命雖艱難，但我們相愛。

## 11 08

嗚，感冒了。

可能是累積了幾個月的忙碌終於到了極點，可能是因為昨天一會大太陽一會下雨一會刮風，我又穿著短袖。昨天夜裡就因為喉嚨乾痛醒來，折騰許久才睡著。

早上喉嚨依然燒灼似的痛，就很警覺了，想說一定要去看醫生。

早餐人陷入星期一症候群，助理輪休，工作會更忙，加上我又病了。我一直說「我會自己去看醫生，自己買飯吃」，她依然很不放心。但工作還是要做啊，看她一臉糾結，嘴裡嘟囔著「我真的很不放心」。

我們一前一後出門，外頭下著雨。「我沒問題的，放心去工作呦！」我很KERORO地說。

即使只是小病，我還是會把正在服用的處方藥都寫給醫生看。必癲克度?看醫生一臉茫然，就告訴他是抑制免疫系統的藥。另一常見的名稱就是「奎寧」。

「喉嚨發炎了，扁桃腺快要腫起來了。」我懷疑醫生被我講話的卡通腔影響，用語也變得幼稚起來。沒有發燒，開了四種藥。

去附近自助餐吃飯，喉嚨太痛，吃起來很不舒服，但好餓，還是忍耐著都吃完，然後吃了藥，回到家就陷入昏沉的忽冷忽熱半夢半醒間。一整個下午，我就這麼昏昏的，心裡掛記著該寫的專欄，想寫人妻日記，還要傳簡訊給早餐人報平安。但我什麼也無法做，就一直在棉被裡繞。

早餐人打過電話，我沒接，傳了簡訊我沒看，直到傍晚我終於起身了。她說晚上要燉排骨粥給我吃，其實沒關係啊，有這個心意就很棒，講電話時我才發現自己聲音都啞了。

出去買飯吃，雨還是那樣滴滴答答，像走在夢的街道上，只有喉嚨痛是真實的。回到家我把專欄寫了，覺得身體好些了，又打開臉書，寫起了人妻日記。

知道有人始終掛記著你，這多令人欣慰。

## 11
## 09

呼，終於退燒了。

昨晚早餐人下班，去超市買了菜，說要燉排骨粥給我吃。因為怕吃不下，就說想喝湯。其實已經很晚了（十一點），真不願意讓她忙碌，但她快手快腳，很快煮好了湯，即使感冒味覺不好，也喝得出是很美味的湯。

虛弱中啞著嗓子還是想跟她說話，拉拉雜雜，躺在沙發上想賴著，又怕傳染給她。

但一小時過去，洗完澡就開始發燒了，渾身打顫，很難入睡。沒有退燒藥，只好讓它燒。夜裡生理期來了，大失血，整個就是內憂外患，我不知道一整晚我是怎度過的。

早晨勉強起來吃昨天我自己買回的廣東粥（難吃得可怕）。早餐人吃麵包和紅茶，她一直很擔心我。我意志昏亂只想趕快吃藥，她出門後我又倒床上猛睡，睡夢裡好多錯落的夢境，我已經很久不曾這麼虛弱了。

睡到下午一點半，決定起來找水喝，身體依然很虛，肚子還是好痛，但退燒了。

大家不要擔心喔，還可以寫臉書表示神智還很清楚，等會要把排骨湯熱來喝。

湯裡放了紅蘿蔔、鴻喜菇與大豆苗，很奇妙的組合。豆苗好嫩啊。每次生病，早餐人就會做排骨粥給我吃。那時，我剛與她重逢，我的身體很糟，剛遇到一場情變，整個人該是又醜又病吧。

那一場大病使我失去了許多東西，甚至連性格都受到扭曲。或許感情生變也不是對方單方面的問題，然而，我非常心碎，對未來感到絕望，對自己生厭，人生走到了谷底。

生病的人很難相處，總覺得別人不理解她的痛苦，既渴望得到關心，又討厭別人勸告的話語。我那時成天神經兮兮，非常敏感，光是飲食這一件事就使我發狂。

早餐人住得很遠，星期一下午她總是提著大包小包來看我：岩島城的麵包、鼎泰豐的餛飩、許多高級食材……我腸胃不好的日子，傍晚時間，她會陪我去黃昏市場（或我在家她自己去），買回燉排骨湯的材料，一邊也教我簡單煮菜。

我望著這一碗湯，拉拉雜雜想起往事，依然想哭。人說患難見真情，我是落難時遇到了真愛。○二年我們認識時，我正年輕氣盛，是最好時刻。○九年重逢，我笑說自己像一塊破抹布，前途茫茫。

即使如此，她依然愛我，承諾與我終老。婚禮時我哭得臉花，因為我擔心自己即將成為她的負擔。

一直以來，她總是眼神專注，無論發生什麼，她從未放棄我。

這不容易，真的不容易。

正因為被這樣專注而真切地愛著，幾年過去，我也學會了愛人，學會了溫柔，學會了承擔。

嗯，等我好起來，我要好好來照顧她了。（廚師服還沒洗啊。）

## 11/10

感冒快好了，現在是流鼻涕與小咳嗽。

昨晚早餐人冒著大雨騎車回家，聽見我說話聲音恢復一半了，她說她安心多了。我看她說話老是下意識摸摸鼻子，很怕已經傳染給她，問她，她說沒事。她是個對自己很鈍感的人，而我則是太過敏感。

她說發燒那晚她很忙，因為我一會穿上好幾件衣服，一會又脫得只剩下短袖，一會蓋兩條棉被，過一下又統統踢到地上。她一整夜沒睡好，不時醒來幫我蓋被子，還要跟睡夢中無理取鬧的我商量「至少要蓋肚子啊」！有時醒來，就是摸摸我的額頭看我退燒沒，「而且你一直跑廁所，很怕你突然摔倒」。

我睡得迷迷糊糊的，因為發燒又吃藥，夜裡發生什麼事我都沒記憶了。

我的睡態奇差，沒感冒也會亂踢被子。一人蓋一條棉被，最後總是我把自己的踢到地上，搶過她的棉被，而且還要橫過床中間，把她擠到小角落；夜裡常說夢話，打呼的情況也是有的。早餐人就常被我的夢話聲音吵醒。「很好笑。」我問她內容，她只是笑，「反正你連講夢話都好笑」。

原來昨天是冬令進補啊，難怪市場裡都賣著「羊肉爐」。昨天傍晚我趁著沒雨設法出去走走。躺了兩天，外面的世界變得新鮮，傍晚時間總遇見房東的姊姊於大姊（房東人在美國），她個子比我還瘦小，總是帶著七八條大狗出來散步，據說屋裡養了二十隻流浪狗啊。中午帶下樓的是老弱殘兵，缺腳斷腿瞎眼老病，但她還是那麼愛惜。每次見了我，大狗們會吠叫，於大姊就說「乖乖啊，這是姊姊」。晚上六七點，就是帥氣大狗團出門的時間了，花黑白各色大狗行軍似的跟著於大姊，穿越小巷子來到四號公園，我去運動時遇見過。四號公園是狗的天堂，不但有遛狗場，狗還可以社交，幾乎是狗比人還多的公園。我看見於大姊啃著包裡的饅頭，大狗在一旁嬉鬧奔跑。大姊臉色蒼白衣著破舊，據說家裡也很破舊，她把所有的時間金錢都拿來照顧流浪狗了。

我沒去公園，市場只逛了半圈，就嘩啦啦下起雨了。趕緊回家。

夜裡，我先上床了，想起早餐人說夜裡幾度醒來檢查我有沒有踢被的事，突然覺得感動。媽媽說我小時候難帶，整夜哭泣，都要爸爸媽媽輪流抱著，一放下來就哭，爸爸抱累了就換媽媽。媽媽說常看見爸爸閉著眼睡覺，手還是做出拍拍的動作，嘴裡夢話著「乖乖睏」。

乖乖睏。

# 11 11 到底是性先消失，還是愛先消失？

奇怪明明就病懨懨的，腦子卻特別活躍。本來還虛弱地躺在床上，忽然福至心靈跳到電腦前寫了一篇稿子（呼呼又解決一篇稿債）。寫完後文字感覺特別好，那麼來寫寫我們最關心的親熱問題吧。

一輩子很長啊，一輩子裡可以製造或者說需要多少次親密呢？這是費解的問題。我們共同的信念是「性生活很重要」。可能是因為都經歷過漸行漸遠最後消失不見的愛情，我們時常討論各種問題，例如：為何本來相愛的兩個人後來會不愛了；本來一見面就乾柴烈火，為何後來同床共枕也不會有感覺；為何即使明明有欲望卻好像不是因為對方，但又不能去找個人來欲望，後來就變成出軌？感情好的時候討論，吵架的時候也討論，打預防針似的討論，檢討過往人生般地討論，或者說，因為中間分離了六年，各自發生了許多事，我們就像在確認補足或要趕上理解進度那樣地，詳細地訴說著分開後的日子、種種發生。

常討論的都是性。

是因為生活裡這樣的話題很難有人可以討論，而那卻又是真真切切地發生在我們生命中，使我們跌跤、受傷、困惑、迷惘、心碎的發生。

當然也不是草木皆兵似的討論。有時工作太忙了，有時因為身體不好，有時天時地利人和怎麼都兜不到一起，嘿，明明同處一室、同睡一床，想來個親熱啊卻那麼困難。

嗚我頭痛，嗚我肚子痛，嗚太晚了，嗚貓在叫，嗚要早起，嗚有球賽，嗚餓了，嗚太飽了。

嗚，累，累，累。

以前總覺得拉子的性（如果我算拉子的話）是一件慎重的事，就像吃滿漢全席那樣，涼菜熱湯主食甜點都得齊聚才可以下單，缺一不可。於是，只要燈光氣氛身體狀況或者荷爾蒙費洛蒙等等的有一點不配合，就會有「做不起來的疑慮」，只要一擔心，整個就都毀了。

好啦我知道，很多人根本不相信拉子之間有火熱的性，但人妻告訴你，真的有！可是人世間所謂火熱的性啊，不管什麼戀，要維持個三五年真的很困難。

其他人用什麼方法我是不管啦，我想要跟我愛的人有火熱的性。

我真害怕那種濃情轉淡最後消失不見，明明相愛卻不想觸碰對方，想親熱卻不知從何開始的日子啊！好悲傷，簡直像全世界的貓都不會跳了那麼悲慘（舉例錯誤）。

關於人類性愛的複雜問題，我們兩個小夫妻是無法解決的，我們唯一能做的，只是盡可能改善自己的問題。

後來我們就發明了三分鐘的性。

像吃泡麵，簡單、美味、迅速、沒藉口。

別問我細節啦！泡麵大家吃過吧，吃起來很香，重點都有了，沒營養，但可以填飽肚子。

讓彼此之間還保有那麼一點即使非常忙碌依然擁有的身體接觸，閃電般的快感會停留在記憶裡，使你記得那滿漢全席的美好性愛，卻不至於眼高手低地匱乏直到餓死。

有時我就會說：哈囉親愛的，來一下吧！

感謝這個來一下，讓我們始終保持著戀人的溫度。

（啊啊啊，為什麼我今天這麼嗨，一定是因為喝了熱檸樂的緣故。）

## 11 11

還是咳，好辛苦啊！熱檸樂不管用，泡麵也不管用。

但願天晴後可以快點好起來。

中午自己煮麵吃，傍晚就去市場裡的小吃店，名叫三姊妹，下課時間常有智光商職的學生來吃飯，一屋子都是青少年。男孩食量大，店家特製了一種「特魯飯」：一大碗公的滷肉飯，加上香腸片、筍絲、滷蛋，男孩們往往埋頭扒飯，也不喝湯。

我明明覺得冷，男孩們都喊熱，風扇開得好大，我把帽子戴起來，也是埋頭苦吃。其實沒味覺，是努力加餐飯的吃法，想快點把病養好。

走出小店，雨仍在下，我撐著傘，去買餛飩。市場路口一個小攤子，只有一張椅子一個箱子，老太太端正坐著，面前一碗鮮肉餡一疊餛飩皮，旁邊的老先生總是蹲著。兩人都清瘦、潔淨、沉默，一只竹片撥動肉餡抹上皮，挑花似的，動作很好看。市場裡有好多賣餛飩水餃的攤位，我只在這家買，就為著這個疼老婆的老先生。許多年來我見著他們，他從來都是蹲著，膝蓋好，秀某。當然餛飩也不錯。

爸媽做生意的夜市裡常見夫妻檔組合，往往太太比先生強悍能幹得多，開車搬貨販賣吆喝，樣樣都行。常見各攤位的先生們在夜市裡走動，遇著熟人就坐下來喝茶，有時聽見有太太用麥克風大喊先生的名字。

我們家不同，爸爸是疼愛媽媽的，都是媽媽出去結交朋友，喝茶聊天，每週兩次美容院洗頭。母親身體弱，遇著傷風感冒生理期，都在貨車裡歇息。

提著像裝小金魚的袋子那般鼓脹著空氣的餛飩，走在雨濕的街上，穿過傘尖相碰的人群，我想起這樣的往事。

## 11 19

這幾天老是賴床，昨晚是一夜亂夢，醒來都不記得了。匆匆餵了貓，還是想睡，抱著毯子在沙發上又睡，因為客廳窗簾還沒安裝，很亮，我還用毯子蓋著頭，硬要睡。

心想這樣一定會感冒的，昏沉中趕緊起床，然後就是煎蛋，烤吐司，沖泡燕麥奶。昨天也是如此，前天也是，我想我又進入了規律的生活。

因為規律，差不多可以開始寫東西了。下一本長篇只有一點點如遙遠星光般的概念，我便摸索著那星光散射的輪廓，在電腦裡開啟一個檔案。

年輕時我的生活充滿戲劇性，想求穩定也不可得，成天慌慌亂亂，東奔西跑，為了生活奔波。感情上的變化，或者根本只是我內心的造亂。印象裡總是在搬家、換工作、談戀愛，剩餘的時光裡當然也寫作，但還有更多時間我記不清自己做了什麼，我想不起那時早餐吃些什麼、我愛吃什麼不愛吃什麼，生活的細節在我身上幾乎不存在。每次換了一個戀人，生活便會全然不同。我總是跟著旁人的習慣，換了一個住處，吃著別人準備的食物，或跟著去吃他們喜愛的食物，有時我連穿衣風格都改變，髮型也是。如果對象是男性，我約莫都留著長髮；是女性，我又把頭髮剪了。

我總納悶為何人人都有他（或她）的生活細節，不可更改的生活習性，無論多麼遠也要趕去吃的喜愛食物。我現在都能輕易想起，比如：A討厭所有西式食物，髮型永遠固定；B最喜歡吃麻辣鍋；C只吃自己做的食物，在外面吃飯時老是挑剔……我赫然發現他們大都討厭吃「自助餐」。

那時的我，一定還在這遊牧生活裡尋找自己的模樣吧！我像變色龍一樣地融入他們的生活，甚至說著不同的語言，循著別人的生活路線，看見我沒見過的事物。

很久以後，我終於發現自己的習性了，如三餐固定、吃自助餐也無所謂、要吃大量青菜、一天得吃上一頓米飯、早餐喜歡吃吐司夾蛋——如果有沙拉之類的就更棒了。

可能是後來走到了上升魔羯，我喜好規律的性格全跑出來了。我戒了菸，也不喝咖啡，每天都希望可以早睡。一天沒散步就會覺得渾身不自在。

也是那樣的時候，我開始寫作篇幅更大的小說。占據我生活大部分時間的，是小說。我依然跟著戀愛的對象去見識他們眼中的世界，許多事仍使我驚奇。

這兩年豐盛的早餐吃多了，我也懂得分辨麵包、起司、火腿、生菜、橄欖油，以及更多食材；跟著她四處走動，我也學會更細緻地看見路上的建築，或一只杯子的形狀。

我在一個三房兩廳的屋子裡，一半像獨居，一半是婚姻，但畢竟我不再是孤獨的了。那感覺與過去不同，即使只是一個人規律地生活著，照常吃三餐，公園散步，讀書寫作。我在洗衣服掃地餵貓採買這些細節裡感受著這是一個家，而我的存在支撐其中。我很慶幸後來我學會了獨立的生活，使我可以享受一個人的悠遊，與兩個人的溫暖。

## 11 21

身體一直很虛弱，還有點小咳嗽，入夜後就變得嚴重。聲音也還沒恢復，講話很辛苦，一直窩在家裡，體力自然也下降，但最近天氣多變，一出門，雖然也是口罩圍巾帽子全副武裝，但就會咳嗽。除了吃飯採買日常用品，就不想出門。

上星期有場評審活動我無法出席，主辦單位還用視訊跟我兩方會談，真的很不好意思，但現在狀況就是這樣啊，這個星期的活動也還不知道能不能參加。

日子進入一種慢速狀態，非常緩慢，如果沒有臉書，那我就是與世隔絕了。因為有臉書，看起來生活還是很熱鬧，真是奇怪的感覺。

我們都走進了無力感的森林了。我要對付的是病，而她則是忙碌。

生活有那麼些百廢待舉，十月在忙碌中度過，十一月則是在生病。日子當然沒有天天快樂的，重點是如何整頓起來。

早上起床後送早餐人出門，我還是非常睏。這是很少見的情況，已經連續多日我都這麼跑回去睡回籠覺，睡夢裡很不安心，覺得睡太多了，而且肚子很餓，一直想著要起來做早餐、做午餐，夢裡都是想要吃的東西。孩子們用力鼓掌、唱歌、喧鬧也無法把我從那吃不到食物的夢中喚醒。我夢見少女時期的自己，每天打瞌睡：上課睡，下課睡，連升旗時站著都在睡，被老師罰站了也在睡。因為我太常打瞌睡，國文老師還因此罷教（因為太不給老師面子了），後來我的位子就被換到最後面，在教室最後排，可以看見所有的同學聚精會神，看見老師很遠地寫著黑板。睡魔來了，我不想睡，但很快地，就有什麼把我拖進了睡夢中。我人睡著了，但神智是清楚的，我看得見老師講課，聽見同學叫我，周遭動靜都在我掌握中，老師又生氣地喊我起來，叫我回答問題，我聽見了，卻動彈不得；我看見老師走到我桌旁，拿起課本用力敲在桌子上，喊著「你這學生也太過分了」。一切是那麼無能為力啊。我閉著眼睛卻能看見周遭所有，但無論我如何努力，身體就是不聽使喚。

我就在這樣的夢中醒來了。
幾乎十二點了。
不能再睡了。

## 11/22

應該是季節變化吧。我的身體本來就對氣候變化比較敏感。想睡就睡，醒來就好好做事。後來煮了蔬菜麵當午餐，簡單的麵湯裡放了各色蔬菜，吃下去就感覺很有元氣。然後就是例行的洗衣拖地打掃，以及我始終還沒完成的「衣服整理」。阿嬤的衣櫥非常漂亮，但空間好小，真要放下我所有的衣服根本不可能，最後衣櫥會變成文具檔案櫃吧。那些小小的抽屜感覺上應該放些「地契」、「戶口名簿」、「金戒指」跟私房錢。記憶裡，阿嬤都是從抽屜裡拿出這些神祕的小東西。

房子變大，打掃起來就費事了，我拖著紅色吸塵器四處走動，貓咪都非常驚慌（很怕那噪音）。我播放音樂，想像自己正在做著某種神祕的事。我覺得家庭主婦是一種奧妙的工作，在家事之間安排寫作能夠令重複的動作（吸塵曬衣倒垃圾）變成寫作的緩衝。我記得馬奎斯也說自己寫作時會修理東西，做些不費腦力的體力活來平衡自己。

我是這樣在理解自己的生活，於是，衣服也洗好晾好，地也變得乾淨，碗盤都洗好倒扣，連貓砂都清乾淨，專欄也寫好了，如此地度過一下午。聽三張CD，看太陽從亮轉淡，還是有那麼一點想睡覺，但心情舒暢許多。

我要出門囉！就像小孩去遠足那樣，帶著水壺、手機、錢包、口罩、圍巾……試著走遠一點看看。

## 11/22 要親熱還是要吃早餐？

且不管答案是忍痛割愛，以上皆非或兩者全要，或猶豫半天結果啥也沒有，能提出這樣的問題，就是太美好的早晨了。即使仍在感冒，禁止接吻；即使貓一直在哭餓；即使，距離上班時間越來越近了……

（以下刪除。）

呵呵，我們終於走出無力的森林啦……陽光暖暖照進房間，真是那種「好想就這麼一直賴下去」的美好時光。但是，貓得餵，班得上，再怎麼也是要起床。

兩星期以來，終於看見早餐人不是拖著沉重的腳步出門了。

## 11 23 晚班人生

我們早上在雨聲裡摸摸索索，矇矓而開心，我突然驚覺：咦，十點啦！上班會遲到。卻見早餐人笑咪咪地說：「今天有很開心的事喔！」

我生日嗎？她生日？結婚紀念日？耶誕節？到底什麼啦！

「我今天開始上晚班了。」她還閉著眼睛一臉陶醉。

喔耶！早知道我昨天就把牛排拿出來退冰。

我們繼續在床上聊天，聽著雨聲，我拉雜地說著夢境。夢裡我們在賣衣服，還擺了個小果汁攤，她一直要我學榨果汁，而且是很複雜的「熱帶水果汁」，我把檸檬柳橙葡萄柚等切開榨汁，弄得亂七八糟，客人在旁邊等待，我很緊張，不知為何我們又跑到一旁無人的轉角想親熱……都沒等我把夢說完，「你最近為何興致這麼好？」早餐人笑說：「起床吃早餐了啦！」

所以今天就有早餐吃了。

原本是我要展現練習多日的煎荷包蛋技巧的，結果我只負責烤麵包跟泡茶。

冰箱沒菜，但至少還有甜豆，好久沒看見甜豆被剝開好好地擺在盤子裡了。

## 11 24

最近每天晚上我們都要看一個料理達人的比賽，昨晚差點就錯過了。這個比賽是英國節目，來的都是業餘廚師，有以前看電視冠軍比賽的緊張與專業。參賽者來自各行各業，有醫生有律師有裁縫。小兒科醫師與裁縫都長得一板一眼的，像是喜歡關在家裡讀書的怪咖，但他們兩個極有天才，是我心目中的一、二名。結果，是我喜歡的小兒科醫師進入準決賽，裁縫被淘汰了，真可惜。節目通常是十點開始，早餐人正好下班，我們就一起看。看完這個還會看其他做菜的節目。「以後可以做這個給我吃嗎？」看電視時我常這麼說，早餐人通常很安靜，看到喜歡的食譜還會說：「給我筆記本好嗎？」

半夜裡我們都醒了，好冷。「我只蓋到棉被的皮。」她說。我也是這種感覺，因為被心被我踢得亂七八糟的。為什麼那麼冷呢？空氣都是冷的，我還把口罩戴起來。

早上就很懶散了，昨晚我一直慫恿她隔天早餐做我最喜歡吃的「混蛋」，但我們卻一直賴床。昨晚冷著了。幼稚園小孩大吼大叫的，今天上的，是「消防演習」吧，因為聽見主任說「小朋友，廚房著火了，請大家快點疏散到外面來」。沒有真實感，因為連主任都笑了出來，她說了三次，我跟早餐人也想笑了。「我們起床吧。」

晚班第二天，還是有早餐吃，心想著已經快要恢復日日有早餐的生活了。廚房因為插頭太少，到現在都還沒整理起來；瓦斯爐太老舊了，爐火非常大，把我們心愛的鍋子底部都燒黑了。得請工人來安裝插頭，調整爐火（說不定得把瓦斯爐換掉）。距離把房子都整頓好的日子還有多久呢？昨天我已經把衣服幾乎都分類整理好了（只分成冬天與夏天、常穿與不常穿）。在餐桌上我們還是有些瞌睡，陽光暖暖的，空氣卻是涼的。一定要當心天氣的變化啊，我說。

看她背著書包出門去，總覺得我們真像是樓下的小孩啊，兩小無猜的，一切都那麼認真，又那麼像童話。

歲月靜好。

## 11
## 25

今天又是吐司夾蛋了，早餐人九點就出門去加班，我睡得迷迷糊糊，感覺她進出房間幾次，中途還溜回棉被裡。天氣真的變冷了，一碰到溫暖的身體就不想放開，哈！纏住。「放開我，我真的要上班了。」她說。纏住繼續……

昨天我終於正式出門了，跟朋友約見面，還化了淡妝，可惜風很大，戴著帽子與口罩，朋友都認不出來。離開咖啡店，走在古亭站的風中（為什麼這裡風總是那麼大），中醫院昨天休息啊，害我撲了個空。一時茫然，想起早餐人說摩托車手套內裡都碎了（是我〇九年買給她的），就轉進了一家運動休閒用品店。

我時常這樣給她買東西。大多是我自己想到的，她幾乎不逛街，東西都用到壞掉為止，缺這缺那也不補充，非常不會照顧自己。去年我給她買衛生衣，據說她生平沒穿過這種東西，本來一直很排斥，後來穿上之後直嚷著「真的好溫暖」。

即使在一起這麼久了，我還是覺得她很神祕。倒不是做了什麼神祕兮兮的事，而是因為根本沒有。她的生活是那麼簡單，以至於我會想像她腦中必然有著複雜的思想，但她話又很少，更加引發我的好奇。

睡前看她拿著筆記本在寫東西，問她做些什麼，她說想要把明天早上要做的東西規畫一下。我問她可以看嗎，她說可以啊，於是我看見筆記本裡畫了三個圓盤，旁邊有許多英文字（字太小了看不見），她一邊跟我解說這是什麼：最下層要做三明治，什麼口味呢？先做一個番茄起司吧。第二層是fingerfood，她畫了小小的肉串；上層是甜點。「很傷腦筋啊！」她自語著。

她隨手翻開筆記裡的一頁，說：「這是前幾天節目裡看到的食譜啊。」那像密碼一樣的文字旁，畫著簡單的圖。

床邊的小燈微微，燈下的她塗塗寫寫，我發現她一點都不複雜，因為無論做什麼都很專注，任何複雜的事都變得單純，就像邦迪亞上校的煉金室，把小金魚鑄了又鎔，鎔了再鑄。我常笑她老了會變成那種怪怪的老頭子。如果沒有我在旁邊嘮嘮叨叨，就會忘了語言該怎麼說。

我想著她的筆劃、字跡，慢慢感覺到睏意，彷彿聽見原子筆在紙上擦過，聲音逐漸淡去……

## 11 27

睡夢中一直腰痠背痛，因為我的行李太重了（我帶了春夏秋冬四種衣服，感冒還沒全好，不敢大意）。雖然大家都說高雄很暖和，後來我還是穿了毛衣上台（碼頭風很大）。

連著幾個週日都在忙，沒有好好過家庭生活（那是唯一的假日啊），心裡很過意不去。昨晚回到家已經十點多了，卸妝整理行李拉拉雜雜跟早餐人說高雄的活動，一會就到了該上床的時候。早餐人說她的右手很痛，我幫她刮痧，竟然連手背都出痧呢。她的工作大多用手力（大家不要胡思亂想），假期太短了，無法好好休息，連去看中醫的時間都沒有，只有我這個蒙古大夫土法煉鋼亂治療。心疼啊。

○九年四月至今，我都沒去過高雄。以前好友楊凱麟在高雄教書，我與駱以軍顏忠賢去找過他幾次，印象最深都是凱麟家的收藏與西子灣的夜色。

星期六早上在高鐵上，我一直想著許多錯亂的記憶。〇九年我去了高雄兩次，那時身體不好，旅程變得辛苦。四月去的時候，失戀中，而且正在瘋狂打書；六月再去，身旁坐的是胡淑雯，那次是參加凱麟辦的駱以軍研討會，整個晚上我都在胃痛，也沒法好好吃東西。

往事如飛，火車快跑，二〇一一年此時，我已經能提著行李自己旅行了。

週日在真愛碼頭的結婚儀式，有牧師幫忙證婚呢！聽她用古雅的台語說話，給予新人祝福，特別感動（許多反對同志的力量都來自於教會）。這場婚禮非常正式，新娘穿著美麗的婚紗，長髮與白紗都隨風飄飄，碼頭旁還有另一場活動，有時喧鬧，有時那邊的民眾也跑過來看，有的家長就這麼坐下來，表情滿專注的。河邊有點風，場地熱鬧美好。等著上台時我想起〇九年海邊民宿裡我們婚禮那晚，在小房間裡，我們四個人以縮小了一百倍的方式結婚。我身上穿著簡單洋裝（還是朋友的衣服），早餐人穿著白襯衫牛仔褲，我們在屋裡光著腳，我一直很孩子氣地跑來跑去，主婚人宣讀誓言時我哭了。

夜深時，我們到海邊玩仙女棒，回望民宿那邊，其他客人一大家子與民宿主人正在吃飯聊天，我們在院落邊間屋裡發生的事他們全然不知道。我們四個人就像海邊小小的亮點，微小、孤獨、快樂。後來我們慢慢走回民宿，民宿老闆問我們晚上去哪了，我是多麼希望可以對他們說「我們剛剛結婚了」，然而我沒有，我只是淡淡說著「我們去海邊玩仙女棒」。因為很多難以言說的理由，因為那時還不方便曝光，因為只是去住個民宿啊，不想大費周章地出櫃，還要解釋結婚的理由。

然而那時，我心中暗自決定，有一天，我一定要自然地、坦然地，對人們說著我們的婚禮，我希望以自己微弱的力量為同志婚姻合法盡力。

我不知道自己能做什麼，但我確實已經開始了。感謝低調的早餐人一直協助我，甚至這些事已經破壞了她的平靜與低調；我甚至也不再只是個深居簡出的小說家，這有時也影響了我們的家庭生活。

天賦人權，對許多人而言幾乎像呼吸那麼自然，但我知道對更多人，那本該天賦的人權，卻得花費漫長一生追求。

回程時我跟長期為同志與身障者權益奮鬥的 Vincent 一起搭高鐵，從餐廳到高鐵到進入車廂，這一段路他搭著電動輪椅遭遇了各種困難，連在一旁的我都感覺疲累。到了座位時看到他拿出雜誌來，神情自若地翻看，我心想，我也要學會這份從容，才有力量堅持走著艱難而漫長的路。

## 11 27

## 該穿的時候不穿？

標題好火辣，但這卻是個孤寂的夜晚啊。

話說，忙碌的星期一，大家都累了，我到底為何要穿上性感睡衣呢？其實只是因為整理衣服的時候剛好翻出，洗好晾好今天就收進來啊，然後感冒已經好了可以接吻，最近好像冷落早餐人了所以決定給她一個驚喜！

結果變成驚嚇了。

她推開房門進來看見我的時候，臉色很蒼白（臉上出現「咦，是今天嗎」的困惑）。

「我手痛。」她說。

「又沒有要你用手。」我說。嗚。只是想逗你開心啊！（我真是太傻了，應該打扮成按摩師父的。）

都是我的好友L害的啦，他跟我說「要常勾引」。我只是乖乖照做而已啊。

看得出她真的不想讓我失望，我也不想給她壓力，哎呀真的沒有別的意思啦，我直嚷嚷，她苦笑著說「呵，該穿的時候不穿」。我沒注意到她竟有這麼累，說完這話她直接趴在床上睡著了。

尷尬，幸好無人看見，我趕緊識相地換上阿婆睡衣，決定來個清修的夜晚。

她在一旁熟睡，她正在承受著我無法分擔的辛勞，我能為她做什麼呢？我想著。除了把家裡打理好，一定還可以為她做些什麼吧。有什麼是我該做而未做的嘛？我還可以更努力。我有些困惑。

但忽而，我又不想那些了，好像這時刻，我終於只是我自己。我把自己照顧好，就可以減輕她的負擔。這個我做得到。

深靜的夜裡，這屋裡彷彿只有我一人似的，我想著，那就像以前在高樓的獨居生活啊。我總是聽著深夜的廣播，看書，寫日記，有時得播放一種奇怪的助眠音樂，我有我自己睡眠的儀式。那些夜晚，有時快樂，有時平靜；有時，會被無力感深深抓住，怎麼都無法入睡。

我很久沒有體會這樣的孤獨，是兩個人生活裡的小小孤寂，但這份孤寂感覺卻讓我感受到愛裡的一種自由：即使相愛，也可以全面地感受孤獨與其帶來的贈與。與自己靜靜相處。看見內心屬於黑夜的部分。

我靜靜諦聽，那只有孤獨時才會出現的，我心中發出那隱微的聲音。

## 11 29

被早晨的雨聲吵醒。

昨晚十點鐘早餐人下班後，我們就去住家附近的盲人按摩，因為她手痛，卻沒有時間去看中醫。而我則是因為天氣變化，肩膀痛得厲害。

按摩館三個男師傅，都二十來歲，照例，她的必然沉默，而我的則活潑。從來沒有例外。我真好奇這些師傅是否也會挑選與自己氣質相近的客人，或者純粹是因為運氣。

師傅的手指關節都長了大而硬的繭，那是長時間工作的積累，是職業傷害。聽說有人因此得了扳機指，無法再做此行業。我想著，他們跟早餐人一樣都是靠手力工作呢！某個程度來說，作家也是。

按摩完她問我想去哪，我說，想吃蚵仔麵線，摩托車就往麵線的方向走。涼風裡，我從背後環著她的腰，她真是瘦啊！應該吃大碗的。

睡前我們胡亂說著話，當然是我說的多。有一回我說到結婚前沒想過她是這麼沉默的人，她則說：「我也沒想過你會這樣嘰嘰喳喳。」

是啊，如果按照說話的等級，一到一百分，那麼我是八十，她則是三十。她問我三十算是什麼等級，我說，「沉默」。她又問我之前交往過的人誰誰誰是多少分，我舉了父親的例子，我說父親是十五到二十。她說那是什麼等級，我說，「那叫孤僻」。

低於二十分就會給身邊的人帶來困擾了啦！我趕緊說。

這時我想起媽媽。我應該常打電話回家的，不然空蕩的屋子裡，誰跟她聊天呢？但我既而又想，說不定孩子們不在屋裡，只有他們夫妻兩人，父親其實是多話的呢！反倒是母親要嫌他煩了。

我想抄寫一段《修道院記事》裡精采的文字，給早餐人以及我沉默的父親：

女人說話總是沒完沒了，男人覺得瑣碎無聊，他們沒法想像是這些對話讓世界處在軌道上；如果女人彼此都不談天了，男人早就沒有了對家與現世的感覺。

我知道我們個性非常不同，是南轅北轍的兩個人，然而，這些也不會影響我們相愛。我喜愛沉靜的她，但願她也能理解我的喧鬧。翁達傑在《英倫情人》裡如此寫著：

當她可以整夜和他在一起時，他們會在拂曉前被城裡三座清真寺的尖塔裡的鐘聲喚醒。

她和他走過設在開羅南部和她家之間的市場。他們走在清晨清冷的空氣裡，美妙動人的宗教歌聲像弓箭一般直入雲霄，一座尖塔應和著另一座的歌聲，彷彿是在傳播著關於他們的流言蜚語，木炭和大麻的氣味濃濃地飄散在空氣裡，他們是聖城裡的罪人。

他用手臂掃落餐館桌上的盤子和玻璃杯，希望待在城裡某處的她會抬頭看看，尋找噪音的來源。當她不在身邊的時候，他是個一向獨自來去沙漠和小鎮之間卻從不感到孤獨的人，一個在沙漠裡的男人會用雙手捧著空虛，心裡明白這對他比水還珍貴。他知道厄塔吉附近有一種植物，如果有人把它的心挖去，原來長著心的地方便會流出具有草藥療效的汁液。每天早上他就可以從這棵植物上喝到相當分量的汁液。這種植物即使缺少了某個部分，也還能枝繁葉茂地活上一年。

他不在乎她與別人生活在一起的事實，他只是想著她的纖細優美，她的風情嫵媚，他嚮往那個時刻，他們之間心有靈犀，在心靈深處有一小塊共同的天地，他們是如此不同，卻又像合上的兩張書頁般親密交融。

九點鐘，早餐人醒來了，我又爬上床賴著她，她撫摸我的手，眼睛都沒睜開，我像小蛇一樣將她蜷住，感受到溫暖，那麼妥貼，像自己身上的一部分。如果我們是一體的，那麼我就是嘴巴，而她是眼睛；我是腿，她是手。

## 11 31

早上醒來，感覺很糟。天氣變化得太劇烈，昨天乾冷，今天濕冷，我的身體又亂七八糟了。下午要去醫院抽血。三、四年來，每兩個月我就去免疫風濕科報到，前一週先抽血，隔週看報告。其實是再熟悉不過的情景了，最初的我，也像如今遇到的一些新病人，敏感焦慮不安，在診間等候室一臉倉皇。而今我已經是中鳥了，會徘徊在焦慮與麻木之間。至於許多病了十多年的老鳥，她們神色自若地討論著各自的指數用藥，有些還交換食譜，姊妹淘似的。診間多是女人，年輕女孩與更年期婦人，也有我這樣初老熟女，幾乎都看不出病況，但實則病得嚴重。

指數上下關係著我們的心情、用藥，與生活品質。

而指數也驗不出來的，真正帶著這奇怪的病而過著日常生活的人所面臨的許多難以言說的處境，比如家庭關係、工作狀態，甚至就是自我感覺，這些，醫生也無能為力。他會反覆地說：「不要壓力太大，生活作息正常，飲食均衡。」這三句話其實是生存之道，但一個天氣劇烈變化就足以將我們打倒。

我需要什麼呢？需要伴侶為我做什麼呢？再關心你的人也無法為你痛，甚至也無法理解這肉眼看不見的疼痛或發作在奇怪地方的奇怪毛病。那麼，我想要什麼呢？

剛生病的時候，我像驚弓之鳥，到處亂竄，那時在我身邊的人是如何看待我的呢？很長時間我無力面對關係的問題，終於導致關係破裂，心碎收場。

我牢記著這個教訓，總希望自己不要再變成一個難纏而討厭的病人，希望自己更公平地看待他人，善待對方，但實際上這是困難的。一切是那麼無常，不可預料，昨晚還開心地玩鬧，早上我的狀況就不好了。

老師說，「抱怨的時候就不是在愛」。換言之，愛是沒有抱怨的，在愛裡沒有指責。老天，這真難做到。這是何等境界啊！

窗外下著雨，感覺自己像快要爆炸的氣球，看什麼都不順眼。我知道這幾乎可說是像幻覺一樣的東西，那是會過去的，只要忍耐，只要用以往對付它的方式，別落入它的控制，別因此毀了美好的一天。

但，生活起起落落，或許，水星逆行了，守護星退位了（天知道我在說什麼）。平靜的生活裂開一個洞。

只是片刻的時間，我感覺不被理解，也無法被安慰。猶如置身冰冷的海底。

我說了什麼，我在表達什麼，彷彿一切都被錯置了，有什麼將我們隔開，造成誤解，製造傷害。

過了很久我才平靜下來。

早餐人已經出門了。

對於自己的伴侶，總有那麼些不公平。我知道，僅僅只是陪伴著，就不是容易的。我會渴望著更好的陪伴，我渴望她為我分擔，而那樣的期盼本身就會製造失落與誤解。我想起那天高雄拉子婚禮上她們的誓言，其中有兩句：「你犯了錯我會原諒你；我犯了錯，也請你原諒我。」

生病，如同其他問題，令人痛苦，但卻不該是一種特權。我想著，或許我在身體不適的時候也用了這個特權而不自知；我覺得自己理當得到更多關注，而且容許自己表現失當。儘管我會以為那情非得已，因為病了，彷彿身體與心理都不受我控制，但我期許自己，我希望我能做到，我不願被這些周而復始的痛苦束縛，我期盼自己至少可以控制自己的情緒，對待他人公平。

那是誰都無法奪去的，我的理性。

在雨聲裡我想著許多，許多事目前我還無法做得很好，我經常在失控的狀態，有時我不免自憐、軟弱、悲傷，而甚至將此情緒牽連到伴侶身上。

我想說：「如果我犯了錯，請你原諒我。」

這只是眾多日子裡的一天，是美好的一天，也可能是失落的一天，是甜蜜的一天，也可能是難受的一天。

我知道無論如何，說出口與沒說出口，表達正確與表達失當的，能力所及或力有未逮的，本質仍基於愛。

我們總是愛著的。

# 12 03

我最怕的冬天來了。

這陣子總覺得胸中鬱悶，不時低落，也常會焦慮，真要化成語言卻也說不清楚。

瑪法達說雙子座「守護星逆行進入最後一週倒數的這段日子，黑暗就要走到盡頭，記得打起精神，戒慎警惕」。原來那種狀況叫做守護星逆行。

昨天是漫長的一天，下午去醫院抽血，然後直接趕到中醫診所，因為沒先預約，當然就是漫長的等待。等待的時間我去附近走路，到處都濕冷，就找了個素食小店吃東西。一直恍神，等看完診要去搭捷運，發現悠遊卡不見了（下午才剛加值，而且有我辛苦集點數換來的小金剛卡套，嗚哇哇），決定去搭公車（因為可以投零錢）。搭到很奇怪的遊覽車似的254公車，像夢遊一樣，唉，果然，下車時就把帽子掉在公車上了。這頂白色的帽子陪伴我度過好幾個嚴酷的冬天，是雙面可戴的帽子，很溫暖，我好心疼。

就這麼迷迷糊糊回到家。

既然瑪法達都說了，我一定要打起精神來。（但言下之意是說這週也會黑暗嗎？）

昨天在雨中走，真有種想一路走啊走啊走到完全沒力氣為止，隨便走到哪裡去都好的感覺。

事實上卻根本沒有想去的地方，我只是撐著傘走著，也無心看四周景物。突然覺得這感覺很熟悉，嗚，要小心，我上回這麼著的時候，是一九九八年，是人生裡第一次爆發憂鬱症，就像被外星人綁架了一般，腦子幾乎都作廢了。

這麼提醒自己的時候，就把思緒拉回來了。正如對付長年的病痛，你總會找出對應它的辦法。當然也有沒辦法的時候，還是要繼續想辦法。

我想我不是憂鬱症，只是守護星逆行啦！關於這種甚麼星的順行逆行的事啊，我們所能做的，就只有等待。

就當作是冬眠吧。

## 12 03

### 和好吧！

有時戀人間的爭執，像電影演得正精采突然被轉成購物頻道，像旅行時好不容易到達異國機場，卻發現行李被別人錯拿走了。

像，夢裡難堪恐怖的橋段：怎麼也撥不通的電話，電梯到不了的樓層，到了教室才發現原來今天要考試。

像，已經摔碎的照妖鏡，即使只有碎片，也能看見自己的原形。偏偏就是難看的那一部分。

爭執總是讓人疲憊，總是充滿委屈，總是有那麼些不知隱藏在哪兒的怒氣被引發了；總是，如墜五里霧中地發現自己被自己口中言語引到了陷阱之中。噢，不，時常引發爭執的就是「總是」這二字，當我把「一次」說成「每次」，「偶爾」說成「總是」，「可不可以麻煩你」說成「你為什麼不願意」；當我的發言充滿「我希望」、「我感覺」、「我想要」，不，更可怕的是，我甚至不把那些說出來，而將之隱藏在話語裡，空氣裡已經裝滿了一觸即發的炸藥。

貓不說話，但也打架。我們的貓，三花與饅頭，不知牠們如何理解對方。有時見牠們緊緊依偎，狀甚親密，實則是為了搶占那塊溫暖的毯子，或者窗檯上那個景觀最好的位置，甚至，誰知道牠們心中的準則呢，往往我一個不留神，突然就開打了。

貓不說話，不知牠們如何化解衝突，多年來，牠們已練就忽略對方卻又緊盯對方的本事，像是一對怨偶。

人們會說話，而有時還真因為說話誤了事。

言語飄來飄去，加上情緒，統統化成刀光劍影，攜手走進了噩夢深處，哪一方也沒能力阻止另一方說「不能再走進去了，那是夢境啊」。倘若有個理性溫柔的第三者在場，必然要為戀人們捏把冷汗，或啞然失笑，或伸出手一邊攬一個送作堆地說，「哎呀，又沒什麼事。秀秀，沒事了。你們是最棒的」。

戀人們哭，戀人們笑，戀人們憤怒，戀人們歡欣，戀人們疲憊不堪，戀人們神采奕奕，奇怪不都是這對戀人嗎？

誰是誰非，誰對誰錯；誰更有理性，而誰比較失控；誰提出過分的要求，誰表現不好的態度。

在那夢遊般的夜晚，誰也無法理出個頭緒。

夢遊者繼續夢遊。

但其實就是因為那麼在乎對方，那麼努力想要實現愛，而過去的自己卻又是那麼傷痕累累，到處充滿地雷。因為生命如此艱難，而愛情除了甜美時光，也有令人照見自己傷痛的凶險。

午後的陽光照入貓房，空氣裡還有一、二根飄揚的貓毛，彷彿剛從某隻貓爪上滑脫，牠們卻又找到某個剛剛好的角度。兩隻胖貓一大一小擠擠挨挨，塞進其中一個貓窩裡。

小貓伸出小舌頭若無其事地為大貓梳毛，彷彿天地靜美，貓事美好。

或許牠們突然理解了，動盪塵世裡，唯有牠們倆才是彼此終生的伴侶（儘管牠們未有婚約，兩隻都是母貓，也不是同性愛者）。

儘管天地悠悠，說不定等會又要為晚餐大打出手。

牠們是對冤家啊。

戀人們，某甲要對某乙說：對不起，辛苦了，做不好的地方我會再改進，我會努力做個更好的人；對，我知道這話我說一百次了，但確實每一次都有進步一點點啊。有吧，沒有嗎？進步幅度太小了嗎？蛙性不改嗎？只會臉書放話嗎？

好，我知錯了，再給我一次機會吧。

好不好，我們走出這個演錯了的劇情。

和好吧。

# 12
# 04

## 沉默的羔羊？

一起睡到自然醒，都快中午了。我對早餐人說，我夢見我們受邀去為一百對拉子結婚的活動見證，活動在山坡上，新人穿著美麗的禮服（因為太多人了，彷彿滿山遍野的小白花）。我以為我也會穿美麗的白紗禮服，結果還是穿著我那件小洋裝。等著活動開始的時刻，我望向山谷，雲朵是紫色黃色交疊，像巨大的花，霞光從其中穿出，好奇幻。

「小呱，你下期可以演『沉默的羔羊嗎』？」沒等我把夢說完，早餐人突然這麼說。

「好啊！」我想也沒想就答應。

「要一直很沉默喔！做一隻沉默的小羔羊。」她說。

什麼？只是想讓我安靜吧！故意設下陷阱……可是，我都答應了。咩。

她說好想去吃外面的早午餐，我說好啊！吃吃看別人做的。結果在床上玩鬧，竟拖到一點才起床。肚子太餓了，我們隨意穿著，就踏上了通往公園的小路，一路這麼逛到公園，找到了家咖啡店。我吃德式香腸堡，她吃藍莓起司貝果，單點一盤德式香腸，還喝了兩杯咖啡。

因為明天要參加朋友的交換禮物活動，我很苦惱兩百元的禮物該怎麼買，早餐人倒是怡然自得。我們到處採買，我看上的都是些很傻氣的禮物，比如：海獅造型的料理計時器，好可愛！「如

果我抽到這個禮物一定很快樂！」我說。「這種禮物只有你會喜歡啦！」她酷酷地說。唉，作罷。

那，兩個小人親嘴的胡椒罐呢？好多顏色可以挑，做菜的時候一看見就很有戀愛的感覺。

那，可以做出可愛動物造型的巧克力模型呢？

「不能都挑你自己喜歡的東西啦。」她一直搖頭。

（我昨天差點就買了小青蛙造型的綠色零錢包呢！幸好忍住了。）

那時我們正在一家烘焙材料店。

下午早餐人都在整理我們的CD，我的CD真的太多太雜亂了，以前總是不分類地全部堆到架子裡，自己有些什麼也弄不清楚，包裝與內容不符的一大堆。今天我的工作就是「丟掉」，以及分類。啊啊啊……

此時，早餐人正在餐桌上組裝一個花朵造型的燈，我剛把客房的書桌布置好，往後她就可以在這裡安靜地看書，免得遭受小青蛙的噪音攻擊。深夜的屋子裡，聽見窸窣的聲音，我從臥房走出去看她，她像個上勞作課的學生似的，非常專注地拼裝那些幾何花朵，純白的花瓣，每個都是三片。「這個真的很難。」她自言自語。她在工作的時候最好不要去吵她，我靜靜地看著她，想起早上的夢。

想著其實我們每一天都還在重新認識、理解、適應對方。

想著這個屋子將會越來越合適於我們居住，就像我們也會越來越合適於對方（當然免不了還有很多磨合）。

我還想對她說些什麼，但我沒說，或許愛她的方式之一，就是讓她靜一靜。

# 12
# 05

昨晚夜裡醒來，她剛洗好吹好頭髮，臉蛋紅撲撲的，像有什麼喜事。凌晨四點啦！竟然還沒睡覺，我已經穿越三十五層夢中夢又醒過來了。

記得睡前明明看見她把燈座組好了啊！

「開心什麼？還不快上床睡覺？」我說。我想，一定是剛才那兩個多小時的安靜使她很雀躍吧，而且她真的堅持把燈給組裝起來了（以她的個性，沒裝好是不會休息的）。「玩這個好紓壓。」她說。

我想笑又覺得心疼。

早上我先醒來，聽見雨聲，把棉被蓋上又繼續睡，再醒來，還是雨。

餵貓，做早餐（一人份的煎蛋吐司），做了許多雜事，突然聽見「太太……太太，你在哪」？跑進房間看，她好像睡傻了，臉還是好紅，臉上都有枕頭的印痕（因為她趴睡在兩個枕頭中間），我又滾上床去鬧她。這一週要演沉默的羔羊，所以我都很沉靜地鬧，一點也不吵。

「很靜吧。」我低聲說。

「很怪。」她說。

「怎樣怪？」我盡量放低聲量。

「外表雖然像安靜的小羊，但感覺內心一直在呱，有種咩呱咩呱的感覺。」
「你是披著羊皮的蛙。」她兀自說著。（為何早餐人最近一早都會說笑話？）
什麼啦！氣死我了，這週我一定要安靜到底。

濕冷雨天裡，我打掃著屋子，陸續整理箱中雜物，翻出醫院急診室的綠色手環，已經剪開了，是去年冬天的一夜混亂留下。那陣子總是下腹痛，平時到處痛習慣了，每個月幾乎都發作，也都忍耐度過，但那次右側腹痛了兩天，覺得可能是腎臟發炎，痛得腰都直不起來，傳了簡訊給早餐人，說我要去醫院急診（是星期六晚上）。心想她正在上班，醫院我也很熟了，自己去就可以的。沒想到她請了假，比我還早到達急診室。大醫院的急診室總讓你急不得，我身旁的病患，臉上有著紅斑，夫妻兩人都有，是他們年輕的兒子媳婦女兒陪同。病人好像已經習慣夜裡跑急診室，陪同的家屬卻很急躁。看見那麼多車禍受傷坐輪椅躺擔架的病人，我的心靜下來了，一定不是大毛病，別慌亂。

我們等了三個小時才看到診，做了許多檢查。如同所有急診室的發生，病人與醫師都同樣茫然。等待時，我們去總院的便利商店買了關東煮，連常吃的關東煮都瀰漫著夢遊的不真實感覺。用餐區的燈光已經熄滅了一半，我們幾乎在半黑暗中進食。

等待時她對我說，路上她一直想著各種可能，擔心若我是因為盲腸炎或其他急需開刀的急症該怎麼辦，都想好要立刻聯絡我在台北的弟弟，因為即使我們已經結婚，某些醫療同意書還是得親屬簽訂。她冷靜地對我說著這些那些盤算，我內心仍在慌亂中，也沒有太多想法。如今想來，那是多麼無助的時刻啊！

醫生擔心有結石，還照了腹部X光。醫生幫我看片子時，我瞥見一旁的早餐人神情有異。離開診間，她問我：「可不可以把那張片子送給我？」

「為什麼？」我問。

「你的骨頭好漂亮啊，小小的對稱，像羽毛。」她眼神迷濛。難道是因為太累？但卻光閃閃的。原來是認真的。（「像羽毛是因為脊椎側彎吧」，我說，一直想轉移她的注意力。）

深夜的計程車裡，我們都很疲累。外頭是寒冷的風，空曠的馬路，深夜裡無人的建築。城市已經沉睡了，偶有的路人都把身體縮在大衣裡；有些無家可歸的流浪者瑟縮在店鋪一角，身上蓋著棉被外套報紙紙箱所有能蓋的東西。

這是隆冬裡常見的景象，我本以為會一個人經歷這些，就如同我原本想像的餘生，我會習慣，我早已接受。但倘若我獨自往返，我必定會在回程的車廂裡無聲地哭泣吧，不管把自己訓練得多麼堅強，也會被這樣的夜景裡孤單而淒楚的感受擊敗。然而，她卻真實地坐在我旁邊，把我的手緊緊握著，陪我吃著那特別難吃的關東煮，在燈光黯淡的便利商店座位區，一小時一小時地等待。「幸好沒事啊。」她說。她還叨念著想要那張X光片，沉默的她，竟意外地多話，彷彿陷入一種狂熱，似乎因為看見我的骨頭而感到激動，或者是想要激勵正在受苦的我。那是一種什麼樣的感情呢？我想著，卻又覺得不需多想。她不會時時在我身旁，她必須忙碌於謀生，做著勞動的工作，但是我知道，關鍵的時候，她一定會出現，我永遠可以信賴她，她絕不會離棄我。

我手上還戴著寫著姓名的塑膠手環，覺得那似乎比戒指還要鄭重。

# 12 06

夢裡，不知為何我到了一個奇異的小島，可能是記者工作吧，或者只是夢中時空跳接，上了捷運想去公館，毫無緣由就來到異國小島。

向路人問路，卻陷入了奇怪的遭遇，越陷越深，被一對苦戀的戀人當作中間傳話者纏住了，彷彿我一離開他們就會失散。我拚命幫他們交涉穿梭之際，卻彷彿自己在現實世界的身分逐漸被取消了。

我心裡掛記著與早餐人的約會，趕緊把手機拿出來，卻發現手機既無法撥通，也不能接聽，而島民完全不理解「手機」為何物，我甚至找不到一台公用電話。奇怪的是手機卻一直出現來電顯示，我看見早餐人的號碼，一通又一通，但手機的面板是假的，無法摁下任何按鍵。

醒來時我仍充滿無法與早餐人聯絡的恐慌裡。難道，這是暗示我換手機的訊息？（昨晚大家都慫恿我換哀鳳。）

昨天交換禮物活動出現許多驚喜與驚嚇。

真的好久沒聚會了，最近都忙忙忙，九月至今，早家兩人真是忙得昏頭轉向。屋子至今才整理了三分之一，昨天我把阿嬤的衣櫥清出兩小一大的三格，要給早餐人放貴重物品。哇，感覺阿嬤一直在庇佑著我們。我每次換裝，都到衣櫥前照鏡子，老鏡子只有半身，鏡像有種奇怪的扁平，但只要看見這鏡子，就會想起童年三小孩在阿嬤房間生活的情景。光線由小窗照入，屋裡總是暗暗的，我們在統鋪上睡覺、玩耍，拿棉被披身上演戲。阿嬤時常從衣櫥抽屜拿零錢給我，她會在鏡子前換裝，完全不避諱地脫衣穿衣。我們總是在衣櫥旁邊角落的紅色尿桶裡尿尿，那對我是很尷尬的事，但還是聽大人的話這麼做。

年輕時我從不理解當時年長我許多的戀人為何會有「穿了二十年的牛仔褲」、「二十多年的朋友」，如今我也到了這樣的歲數。過往生命裡我四處飄蕩，身邊戀人來來去去，一個換過一個。我不愛惜物品，彷彿人事物都是可以拋擲、經過、遺忘的。我一直追尋著，覺得這個也不是，那個也不好，無論身處何處，總覺得不自在，身邊是誰，都感到不合適，生活像幻影，彷彿什麼都可以拋棄……

終於，某些東西通過時光的篩漏，遺留下來了，那些人事物具體地停留在我生命裡，有形或無形，我也擁有了二三十年以上的老朋友、二十年的外套、十年的馬克杯、八十年的阿嬤衣櫥。

可以相伴一生的伴侶。

我自己也變成了老東西。

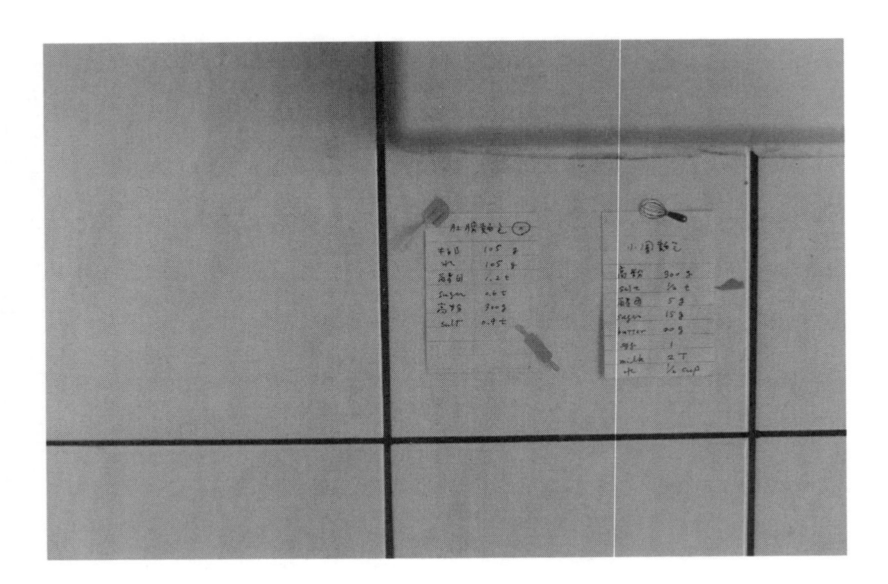
sugar
salt
高粉
sugar 15 g
butter
milk 2 T
1/2 cup

## 12
## 07

一起睜開眼，真是好天氣，就在床上親親熱熱，磨磨蹭蹭，拖拖拉拉，纏纏綿綿，彷彿溫暖的早晨就該這麼著。一天剛開始，沒時間吃早餐了，把棉被踢到一旁，望著頭髮凌亂的彼此，這麼近，可以看見雀斑，毫無修飾的臉；這樣的臉，每天看見，熟悉得不能更熟了，卻還像初認識，總能看見新的細節。

「為什麼人們喜歡睡在一起呢？」我問她。她似乎也找不到答案。

以前我不太懂得這個道理。與人同床共枕，似乎是歡愛的延續，或者一種生活型態的必然。夜裡我總是晚睡，早上遲起。情人睡了，我會掙脫情人的懷抱，獨自在一旁的小桌抽菸讀書寫作，凌晨三四點才上床，總是捲著棉被面對牆壁，近中午才醒來，人家已經工作去了。

似乎就是該那樣，即使同床，我也要獨自地，才會感到自在。

但現在的我喜歡與她一起睡在這個典雅的臥室裡。不忙著做早餐，而是一起在床上消磨一、二小時。

陽光會從客廳那一側先亮，把屋子曬得好暖。臥室因為對面屋子的遮擋，因為方位，亮得慢些，在屋裡都能感覺到這個房子一部分一部分慢慢醒來，進入一天。九點半，貓在隔壁咪叫吵著要吃飯。十點鐘，就一定得起床了，我們就利用這陽光在屋子各方位如時鐘轉亮的時刻，說話，擁抱，親吻，親熱。聽著幼稚園的孩子每日不同的課程，鐵工廠有時敲打、有時不，貨車倒車的嘟嘟警示聲，日常生活的種種聲音伴隨著我們的親密動作，不同於熱戀時忘卻世間一切的激烈，不同於新婚時在僻靜海邊山邊，夢境一般地失去時間感的幸福，我們住在市區裡迷宮小巷弄裡的一層樓，再平凡不過的三房兩廳，十多年的屋子，還有多處等待整理，但如論如何都稱不上華麗。天氣晴朗的日子，陽光會把整間屋子都照亮（那就叫做西曬），我們甚至還沒時間把所有窗簾都裝上，漂亮的海報還立在房間一角尚未掛起……但我們是那麼親密啊，生活裡的種種細瑣，也沒能沖淡，甚至加強了這樣的親密，彷彿一點一點地，逐漸深入，慢慢滲透，在這尋常的一天，慵懶地，歡快地，似乎如從前一樣，又有著某些不同地，再一次熟悉著對方。

## 12
## 07

## 外省乾麵與蔬菜湯

晚上九點，早餐人打電話回家：「太太，家裡還有蔬菜嗎？我想吃乾麵，還有很多蔬菜。」難得要求我做菜給她吃，當然一定照辦，苦練了多年的蔬菜麵，今天要好好發揮實力。掛上電話我立刻把菠菜、青江菜、花椰菜都切好洗好，把水過濾好，還拿出那天的禮物「計時器」，心想有這個計時器一定可以做得很完美，而且我一向最不會調味，但乾麵裡已經附有調味包，天時地利人和，還有什麼可能失敗？

唯一的問題是時間拿捏。算準早餐人回家的路程大約二十分鐘，扣掉切菜洗菜，大概過了五分鐘（錯了，其實是十分鐘）。如果立刻煮麵，等她回到家，麵不就涼掉了嗎？我希望她可以吃到熱騰騰的麵啊，那麼應該先來燙花椰菜吧，花椰菜冷掉也無所謂。花椰菜燙到一半，決定把麵放進去煮，我立刻設定四分鐘，一邊把蔥花切好。時間過了兩分鐘，心想差不多可以把花椰菜撈起來了吧，但又猶豫著，還是先把菠菜等葉菜類放進去吧，正在猶豫時，早餐人回來了，我心裡一著急，就把菜統統丟進去了。

「麵好了嗎？」她拿掉安全帽就走進廚房裡，似乎很餓的樣子，看見廚房裡一片狼藉，大約也知道發生什麼事情。「先撈花椰菜。」我轉頭說。「應該先把麵煮好再把青菜放進去啊。」她說，立刻接過我手上的筷子，火速把麵湯裡的青菜撈出來。我很怕爐火燙到她的手，就把爐火關小。「為什麼要把火關小？」她很納悶，手上仍沒停止撈菜的動作。

我……我就是太用心了啊……

幸好麵沒有完全失敗，放在綠色的碟子裡，顏色很漂亮，湯在藍色的碗裡，看起來就很營養，早餐人直接拿起盤子來猛吃。辣辣的麵，沒有燒糊，青菜湯經過她的調味，除了菠菜很爛，其實也算清甜。

看她一臉秀氣，卻很豪邁地吃著麵。她說幾天都沒有好好吃蔬菜了，「好吃」，不到幾分鐘，就把麵跟湯都吃光了。

我知道我廚藝很差，弄得連早餐人都手忙腳亂。有些事是學不來的，有心就好，我敢說她一定體會到我的用心了。

正敲打著鍵盤，聽見鋼琴的聲音。早餐人正在客廳最可愛的角落裡，在如圓月般的燈光下，一遍又一遍地練習巴哈的平均律。我們都是老了才在彈鋼琴，我是為了練習手力，而她只是興趣。中年後的學習，任何事都不帶出人頭地的目的，純粹為了自己的喜好，無關天分，無關他人。我們都還只彈著簡單的小曲子，可能到老了也還只是這種程度，但即使只是手指放在琴鍵上，隨意敲響幾聲，世界因此都安靜了。那聲音彷彿從腦子裡發出來的，或者就只是存附在指尖，被琴鍵讀取出深藏的意念；更或許，那無關意義，簡單純粹如直覺，如呼吸，如心跳，如愛。無論做任何事，她總是一次一次地練習，不厭其煩，做好基本動作；她不取巧，不偷懶，不閃躲，不怕累。我彷彿可以看見她，透過那些看似沒有前進的重複動作裡，深入那些動作本身，直接擷取出水晶。

我不走出房間，生怕驚擾了她，但我知道，此時她什麼也不想，她很快樂。

## 12 08

昨晚彈完琴她就去安裝電燈了，深夜一點鐘，在高高的梯子上，玩玩具似的。以前我總擔心爬那麼高沒問題嗎？後來知道與其擔心地走來走去（可能把梯子撞倒），還不如讓她專心去做事。

剛認識的時候，她才二十八歲呢！一張娃娃臉，看起來更年輕，感覺像個大學生。那天我根本沒跟她說上什麼話，因為她很沉默啊！我對她一無所知，可能連大家介紹時姓誰名啥都沒聽清楚，看見她一整個就是頭暈。年輕時我對愛沒有理解，有的都是衝動。到底為何對這人感到衝動？這是個謎，可能是費洛蒙吧，雖然我企圖以某些更深奧的理由來解釋，比如，靈魂上的某種悸動，但說穿了，我看到的都是色相。

她的身形、面容、氣質等等，就是我喜愛的樣子。

多年後再相逢，她已不是我當年所見那個憂鬱的蒼白少年了。她穿得那麼樸素，還是像個學生，但奇怪地卻有著工人的堅實。時間把她當初那種脆弱、彷彿玻璃會割傷人的氣息鍛練成另一種東西，一時間我無以名之，我還在那張看似陌生卻又熟悉的面容裡尋找更多的訊息。我猜想，她看見我的時候一定也很驚訝，我幾乎變成一個婦人了吧？我身上曾經那種危險、專斷，那種使人感到突兀、衝擊，甚至可以說是魅力的東西，被情傷、被疾病、被歲月，轉變成什麼了呢？

但那使我們之間感到衝動的，依然那麼衝動。

那種衝動仍難以言喻。

經過這幾年的相處，我們仍時常被衝動所襲。我們可能會因此微笑、輕笑、大笑地討論那種衝動到底是不是因為荷爾蒙，或者費洛蒙（或什麼海誓山盟），我們會開玩笑或認真地哀嘆：歲月不饒人，我們都老了。

我很難想像這樣一個我心中永恆的少年如何變成中年，或老年；我猜想不到細節，我沒有去設想那些，我想我們會一日一日彷彿看著日出日落，月圓月缺，潮汐漲落，那樣地，參與對方的轉變。我們會在過往的相簿裡，發現時間是如此靈巧地滑過，時間如何緩慢（或快速）地轉變我們的臉孔與身形。我們可能會夢見年輕時的彼此，可能會在夢裡再度經歷那種陌生的衝動，可能會在夢的深處，往更深處走去，企圖遇見年輕時的我們。

她站在高處，製作一朵會發光的花，她旋動手指，就點亮了那個光。

讓我們一起變老。我知道我會老得快一點，那麼，我就可以一直為這份愛感到某種近乎疼痛的愛惜。

像最初的衝動那樣，我要將她揉進我的世界裡。

## 12
## 12

今天是早餐人說夢。她說：「夢見我們去山上度假，但假期裡你卻有五天都得去別的地方忙，我就一個人在山上。」然後呢我問，你都做些什麼。「沒做什麼」、「看看樹啊，看看書」。就這樣啊，有沒有很無聊？「有下山去逛書店，去找你跟我說過某一個年輕小說家的書，一共有四本，是科幻的。」那好看嗎？「還不錯。」就這樣啊。「那是最後一天了，然後你就回來了，可是你一回來，就說好累好累，想休息。」

那根本不是夢吧，是真實人生裡的我們啊！

對啊，我們的假期總是對不上。我平日都閑散，但一忙起來就是得出遠門了。我拖著皮箱出門，回來時總是好疲憊。

白天她出門了，我就一個人在家，看書，打掃，餵貓，寫稿。下雨天，就把客房的除濕機打開，讓衣服都暖一暖。現在客房的書桌也被我占據了，說是要讓她看書，卻兀自擺上了我心愛的玩具。

二〇〇四年四月，J的葬禮那天，我們跟兩個作家搭了L的車。那時我跟他們都不熟，剛從一海島度假回來，心情惡劣至極（非常奇怪的一次結伴旅行，我認識那個T才一個星期，我根本不愛她，在美麗的海灘飯店裡我茫然空洞。整個旅途裡，我一直對她很凶，但我氣惱的是自己慌不擇路、飢不擇食，我看見自己的軟弱與殘酷，卻沒有能力改變）。L看見我，就說：「陳雪你還好吧，看起來氣色很糟。」我不好，我不知道我有沒有這麼回答，那時我們還沒有可以這樣說心事的交情。我看見駕駛座前方置物處有這麼個小擺飾，幾個不到拇指大的小動物，搖頭晃腦的，非常可愛，便說了句「好可愛啊」。其實是想化解尷尬，L立刻把那個玩具拿下來，說：「送給你，壓壓驚，你要好好的！」

我很不好。我沒法說。我的生命被攔腰折斷，是我自己搞砸了一切。生命飄飄遙遙啊，我想用自己的方法把世界建造起來，但我建造出一個歪斜的教堂，裡面沒有信仰。外星生物把我們的朋友一個一個抓走了，或許接下來就是我，沒有道理不是我。但在告別式外，大夥在抽菸，我哭掛在其實根本不熟的長輩身上，我說，「別讓我死」。天啊，我哭得像個傻瓜，我好後悔自己的失態。

我無能為力。

葬禮過後一大群作家到咖啡館，從下午一直待到深夜。我不記得後來參加聚會的是不是原來參加葬禮的那些人了，只記得後來我們幾個常提起那天是我們友誼的開始。

早餐人不在場的那些日子裡，我談了一些戀愛，或深或淺，都無疾而終。我像內部重要機械已經故障的機器人，憑著舊有的設定運轉。那些深夜的酒吧或咖啡館裡與朋友們徹夜長談的日子裡，我們總是輪流說著自己的故事，我很驚訝自己從也沒把早餐人的事說出來。我的故事荒誕、怪異、滑稽、古怪、色情。我不知朋友們如何看待我，但起初我時常在回家的路上慌張地回想，覺得自己失控了、出醜了。我彷彿用一種置換的方式，描著邊，沿著我內心的硬殼，說出了全然相反的故事，但我的朋友們是那麼聰明，他們沒有使我難堪。我們在凌晨的街道上，等候計程車來到的時刻，都還切切地說著話。我們走過一家又一家店，追逐著打烊的時間，直到所有的店鋪都拉下門了，才各自離去。

那是怪物時期的我。

或許我們一群人都是怪物啊，在燈光黯淡、煙霧繚繞、有時大聲吼叫才聽得到對方說話的各種地方，我們一直在說話。

我的戀人一個換過一個，聚會的朋友逐漸減少，可以抽菸的地方慢慢消失，後來我甚至戒菸了，更後來，因為生病我不能熬夜了。我們以水果茶代替啤酒，我們的聚會從夜間的酒吧移到了下午的咖啡座，我們一個接一個邁入四十歲，走向中年，病的病，傷的傷，各自都遭遇生命裡重大的變化。

這些年歲裡，早餐人不在場，我以為她永遠不會出現。在那些時光裡，守護著我的，是其他人。

我們不斷變奏、賦格、輪唱，說著那些荒謬、恐怖、深刻、怪誕、變態、孤寂、爆笑、倒楣的故事，騙過了死神，活過了從青年轉入中年，進入寫作的成熟期，一次一次不斷變形轉身，那幾乎得把整個肉身拆毀、重組，甚至全部零件都得換掉，激烈而艱難的戰鬥。

「朋友」，這字眼真奇妙。那些隨著時光遞轉卻一直還在身旁的朋友，我說啊，我們是對手，是夥伴，也是家人。我們曾為彼此鬧出的差錯奔走；我們為對方遭受的痛苦流淚；我們在道別時拍肩擁抱；我們激烈地討論，幾乎翻桌而起；我們有時各自都忙，久久也見不上一面，會奇怪地像想念什麼似的，給對方寫著肉麻的打氣信。不管討論什麼，最後話題總是寫小說。

我想一定是我的朋友們教會了我溫暖的意義，使我理解義氣的貴重，我從那個在酒吧裡惶惶不安覺得自己說錯話的怪女孩，到如今腰臀漸厚、神色柔和，時不時也會來上一句「要好好的喔」、「你是最棒的」；我學會用熱情的眼神直視對方，我變得抒情而感性，我懂得了對於寶愛的人應當溫柔慎重。

這小玩意始終在書桌前搖頭晃腦的，白色小鴨子因為搬家還弄斷了舌頭。

它讓我想起我的朋友們，讓我想起我在學會蛻變成人的過程裡，他們真摯的陪伴。

我要讓它守護著早餐人。

# 12
# 13

早餐人今天穿著被我染成淡淡粉紅色的襯衫去上班了！因為襯衫就三件啊。到了星期六，白襯衫明天有事得穿，我正愁著該怎麼辦呢？她竟若無其事地拿出襯衫就穿上了，只是小聲地嘀咕著：「變成粉紅色了……」非常小聲，好像說給自己聽似的。曬乾之後，那粉色非常淡，幾乎像是天邊紅霞褪到快看不見了，像因為害羞時臉上泛起的紅暈，像……再怎麼美化，人家本來畢竟是一件帥氣的灰色襯衫啊，簡直被我變性了似的。

但是早餐人不在乎。有時她真的很務實啊！

繼續濕冷的天氣，貓咪都躲在貓盒裡，動也不動的。早上我們總是賴床到最後一分鐘，因為這份濕冷，反而蜜月似的，格外親熱。最近是我的讀書日，還不急著寫小說，十二月的空檔，可以盡情地讀著喜愛的書。來到新家進入第三個月，附近吃飯購物買菜的地方、運動的公園、經過許多可愛老房子的散步路線，我似乎已找到在這裡安頓的方式。配合她的上班時間，我也給自己建立了一種近乎規律的生活方式。或許因為我的心已經靜下來了，我反而更能支持她。

除了各自的工作，我們的生活再簡單不過了，我是標準宅女，日日在家窩著。現在屋子大，臥室寫稿、客房看書，餐廳兩者都可以。與早餐人結婚之前，很長時間我已經過著退休老人的生活了，生活規律得幾乎像上了發條：起床，做早餐（吐司夾蛋），寫稿，吃午飯（蔬菜麵），繼續寫稿，吃晚餐（自助餐），晚飯後就去公園或小學操場走路，晚上看書看影碟，很早就休息。因為沒辦法在咖啡館寫作，最理想的工作地點就是家裡。因為獨居，因為規律寫作，寫作時又必須獨處，結果就是真的生活得跟獨居老人似的。那時，有抑鬱傾向的我時常孤寂得近乎發狂，我寫著長篇，現實生活幾乎全被小說人物取代。

我曾想像過與另一個人（不一定是情人）某種程度的互相照應，我想像那人最好住在我家附近，每星期有幾個晚上我們可以一起吃個晚餐，然後一起去散步。我們沒有戀愛關係，就只是兩個孤獨的人，知道在這世界上，有人惦記你。

這個想像一直沒成真，我簡直不知該如何使之成真。我太害羞了（當然誰也不相信），我不知如何對另一個人說：來吧我們來做朋友。我太孤僻了，如果有人真要來跟我做朋友，我又擔心相處時我不知如何說話，我會不會因為有人在身旁，就感到緊張。又或者，所謂友誼，是自然的發生，或者，我已經選擇了一種生活方式，那其中包含的要素就是孤獨。

我是如此孤獨，卻又不知如何與人為伴。

後來我戀愛了。我似乎一直在戀愛。有時我會過著一小段快樂的時光，我好像可以與人為伴了，我也可以像其他人那樣，即使不是天天，但偶爾，那人會來看我，我們會打電話給對方，我們一起去吃飯、走路，像戀人一樣。

那樣的時光或長或短，但很快地我就發現自己在兩人關係裡的無所適從，所有戀人必然經過的爭執、磨合，甚至可以說是關係裡必然要做出的妥協、調整，都叫我痛苦不堪。我搞不清楚那些是什麼。年輕時我還能抱著希望，想著只要遇到對的人，所有困難便可迎刃而解，但我已經到了無法這樣夢想的年紀了，我知道許多問題都出在我自己身上，但我毫無改善的辦法。只能退回我的孤獨裡。

以前有人告訴我，要先把自己的日子過好，才能好好愛別人。我一直任性過著自己的日子，但那無法使我擁有愛人的能力。孤獨使我理解自己，卻無法幫助我理解別人。我理解孤獨時的自己，但無法將之與暴露在親密關係裡的自己做適當的連結，因為呈現在孤獨狀態裡的我，與他人面前的我，是一個人複雜的多種面向裡不同的切面。

我想要學會愛人，就得走入關係裡。

與早餐人重逢不久我們就閃電結婚了，那之後，有一段混亂而焦慮的日子。因為是第二次，無法想像再一次失去對方的痛苦，總覺得失去了彼此，就無法再愛誰了。我們戰戰兢兢，小心翼翼，承擔著夢想了那麼久的事情成真之後所要面對的現實問題，我們在黑暗中摸索，急切地要理解對方。

但總是碰壁。

碰碰撞撞，起起落落，我們度過了許多困難的時光。生活是那麼磨人，在這樣的城市裡討生活啊，光是想要找到一個地方兩人過生活，就非常困難，但無論發生任何事，我們都不放棄對方。

在這樣不放棄對方的同時，我學會了許多獨處時無法理解的事，看見許多陌生的自己，經歷退讓、妥協、思索、反省，那沒有讓我迷失，這些過程讓我相信了關係的可能。

工作中途，我聽見窗外狗兒吠叫，聽見洗衣機工作結束的鈴聲，這只是尋常日子裡的一天下午，那麼尋常，使我如此安心。

## 12 14

晚起的星期一啊！

難得她休假，雖然沒有在同一個空間裡，還是覺得她在很近的地方。我接了幾通電話，先洗白色衣物，然後去郵局寄包裹。回到家，趕緊把白色廚師服跟襯衫晾好，放進花色衣物洗滌，到客房把除濕機打開，貓房掃一掃。今天要寫稿，把家事都做好，心情整頓一下。

晚上可以一起吃晚餐呢！好開心。

多年前，還各自不知對方身在何處、過著什麼樣的生活的那漫長時光裡，我時常想起我與她之間僅有的幾次外出晚餐。因為在一起的時間實在太短暫，我們甚至也沒有拍下一張照片，她的臉孔在我心裡逐漸模糊，那感覺使我害怕。人怎麼可能忘掉最愛的人的模樣？而那甚至不是遺忘，就像是岩石被空氣與海風吹蝕。時間侵蝕著我的記憶，我不知應該多回想她，或者是少一點回憶，因為無法確定回憶這個動作究竟是召喚記憶，或是磨損她。我一次一次回憶著那少得可憐的畫面，是不是會使那些畫面斑駁？

我沒有再去過那些我們熟悉的地方。只有一次，意外地跟報社的朋友們去吃了一家日本料理，一走進那家店，看見我只見過一次的老闆娘的臉，我的心像被燙傷一般。但那料理是如此好吃啊，一群人唏哩呼嚕地吃喝談話，我心中卻並陳著另一個畫面：那是當年相處最後了，我們痛苦而無言，美味的食物溫暖著我們，每一口吃進去的東西都帶著奇怪的鹹味，我們都沒有哭，眼淚或許是從眼眶裡直接流進喉嚨了吧……

很開心的一天，卻想起這麼悲傷的事啊！我喉嚨瞬間湧起那樣的鹹，像海水一樣的。有時，一點鹽，可以使甜味更甜。

我猜想，曾經有過的痛苦時光，不會使傷口作痛，我們已經度過那些無法正視往事的階段了。我們各自以自己的方式與那些記憶共處，而那些提醒著我們，如今的每一天都如此寶貴。它那麼自然，如同每個人的日常生活，如風吹過雲，雲推擠著山。我每日記錄下這些平淡的日常風景、瑣碎心情，望著對面院子裡的花朵盛開、凋萎，一週洗三次衣服，早晚兩次刷牙，晚安，早安，你回家了啊，快點進來，早晚我都給她倒一杯溫熱的開水。

我幾乎可以聽見一樓大門打開，電梯跑動，她旋轉鐵門。四面八方的聲音裡，我可以辨別出她的腳步聲。

## 12—14

今天帶便當（當然是早餐人自己做自己帶啦），是牛排飯。

昨晚睡前兩人就一直討論吃的，說早餐要吃什麼、午餐吃什麼。如果要做午餐，那麼一定不可以賴床。越說越餓啊，簡直想要立刻把正在退冰的牛排煎來吃。睡前我得追著早餐人，要她穿襪子，一來怕她冷，二來怕我自己冷，一雙冰冷腳丫碰著我，真是凍得不像話。她啊故意跟我作對似的，說什麼都不穿，睡前得上演「逼襪記」，算是閨房樂趣。

上了床她在一旁玩哀鳳的種蘑菇，那些小蘑菇真可愛，是迷你版的開心農場吧，但畫面更單純可愛。她像孩子似的，乖乖地等那些蘑菇長大，我湊過去說：我要摘。唧唧咕咕地，我一摘蘑菇，小蘑菇會發出怪聲，她總會大樂，好久沒見她如此放鬆的神情，想不到早餐人也有撒嬌的時刻。玩個十五分鐘，我要睡覺了，不知她還有沒有種新的。

生活是如此悠靜啊，睡前她問我：「我們可以一直這樣生活下去嗎？這樣沒問題嗎？」我回說：「什麼問題？」她說：「不知道。真的沒問題嗎？」

那是惶惶的威脅吧！長久以來我們各自被生活折磨，即使在一起了，也經歷許多難以言說的困難，我大約理解她說的是什麼。那是面對快樂時不敢置信的惶恐。

生活當然不可能如此單純美好，我們實際上也並非全然沒有挫折與壓力，每天不過就是那一、二個小時，彷彿隔絕外界一切嘈雜混亂的，你體貼我，我體貼你，在一個樸素小屋裡，安靜過日子。我們擁有的只是這樣啊！竟也令人心生不安。

早晨，屋裡散發著牛排香味。「上班快遲到了。」她在廚房裡忙，我拖著吸塵器打掃，我說，無論有什麼困難，兩個人一起努力，一定可以度過的。

沒問題。

像是自言自語，像是諾言，也像是鎮住一切的咒語。

## 12/15

我帶著書本上床時，她回來了，臉蛋紅紅的，眼睛傻傻亮亮的，突然多話起來。「你喝醉了嗎？」我問她，她說幫同事送行聚餐，喝了梅酒，我們各自說著一天的遭遇，彷彿各自遠行回來似的。

天氣濕冷，頭老是痛，在一種奇怪的暈眩裡，知道冬天來了。我不知道別人的日記怎麼寫，我的日記裡老是回憶。我腦中有兩種以上的時間在跑，都那麼真實。

與早餐人第一次單獨見面。還稱不上約會，只是單獨見面，約好下班一起吃個東西（我大概找了什麼藉口），在摩斯漢堡。多年前，我剛到台北定居，沒去過摩斯漢堡呢！至今，只要經過任何一家摩斯，仍會想起當初的見面。那時我還是短髮，個性慌慌張張的，我猜我一定是癡癡望著人家發傻，到底說了什麼也不記得。吃完東西，去公園散步，她不是稍微在前就是略略在後，並不與我並肩，使我也難以掌握走路的速度。她穿著寬大的帽T，兩手放在前面的大口袋，讓我完全沒有挽住她或牽她手的可能。哼哼，當時我很緊張，也很納悶，想著唉我一定弄錯了，人家對我

不是那意思啊，臉上很掛不住，心裡卻還是納悶：怎麼可能搞錯？（太有可能了。）年輕的我，以為星星掛天上，伸手抓就有。

記得走到一個花壇下，小涼亭，有石椅或木椅，我們或坐或站，忽坐忽站，因為我是那麼焦慮啊。我抽了菸，拉拉雜雜說了些話，她一直都安靜，大大眼睛望著你，你會以為她都理解。那時是春天，還有點冷，我在花壇底下踱步，她也站起來，後來我就抱住她。

她完全沒反應啊！嗚……雙手還是放在口袋。

我們就這麼尷尬地站了一會，我又堅持了一會，她還是沒動作，我只好放掉她，假裝沒發生什麼，繼續往前走，這時她走在我身旁了，手還是放口袋裡。

大概從那時候起，她就是我的剋星了。

後來我知道她是因為害羞，因為謹慎，而我則一股腦的都是莽撞、猴急。這麼多年過去，我仍很慶幸自己的造次，雖然莽撞、尷尬，但很值得。我想她那一直窩放在口袋裡的手，終究還是要來牽住我的。

# 12 17

## 台中同志遊行

早上我在一旁窸窸窣窣化妝換衣吹頭髮，有時她會喊我，「太太」，我就問她：「穿這件好不好？這頂帽子好看嗎？」「有點像聖誕老人。」她說。呵，那是一頂紅色貝雷帽。那換這頂呢？灰藍色毛海（也是貝雷帽，但寬大可以包住整個頭）的如何？她點點頭。天氣冷，我也好想回被窩睡覺啊！只是去台中啊，而且晚上就回來呢，卻彷彿是要出門旅行了。

是回家鄉。

台中是我的故鄉。童年在鄉下，高中時期都在台中市區度過，大學畢業後也回台中工作，寫出了幾本書，二〇〇二年才到台北來。一出高鐵站，陽光真暖，計程車經過熟悉的火車站、第一廣場，直奔台中公園。這些路以前我都徒步走過。公園對面的麥當勞是我高中時跟死黨讀書的地方。那時我偶爾蹺課，就自己到公園亂晃；那時青春燦爛，卻滿腦子憂鬱；那時極度快樂，卻也那麼憂傷。

公園裡那麼熱鬧啊，遊行集合的人潮出乎我意料多，五彩繽紛，在晴暖的陽光下，湖水那麼綠。天啊我好感動。

好多人認出我，都是那麼可愛的同志朋友啊，那些青春的臉龐溫暖著我的心，有時我會激動想哭，卻又覺得自己傻。許多人問我：早餐人呢？我真想說，其實我把她裝在背包裡了。大家都惦記著她，我想她會感動而害羞。每當有人對我說人妻日記如何溫暖了他們，我都傻笑，很不好意思，說：要加油噢！

與大家一起遊行，我興奮地到處跑，每一個大隊都想走走看。自由路，中正路，三民路，那是我高中時每天遊街似的一定要走過的地方，那時我就愛著女生了，好奇妙。我沒帶相機，於是張大眼睛，努力捕捉這些舊日街道如今的樣子。我與大家一起，將這些道路覆蓋上我們的足跡，用歡呼、口號、歌聲暈染這些街景。有人好奇地觀看，有人冷漠地走過，有人搖晃彩虹旗。有小孩從對街三樓窗口探頭，高喊「同志加油」，我們也高喊著回應他。

這些道路，是走上街頭的同志生活、消費、讀書、工作、戀愛、失戀、成長的地方，是許多人的故鄉。我們與其他市民朋友一樣，對城市友善，但這城市是否也會如此善待我們？我們反反覆覆說著的，是一般人從也沒想過原來還需要爭取的，作為公民、市民、人類，最基本的權益。

直到天黑，還有許多人都待在公園裡，陪著大家一起，直到活動結束。我跟楊翠最後才上台。人群裡，妹妹來了，好友來了，保溫壺裡裝著熱茶，在一旁等我，這是我第一次在家人面前演講，我很激動，大概語無倫次了。

每次遊行都是星期六，早餐人不能來，但我心裡裝著她，我帶著她走來走去。我們家啊，一個人工作，一個人上街，很平衡的生活。

謝謝來自台北台中高雄及其他縣市與各個團體的朋友，今年我走過許多地方，都看見大家，看見你們熟悉的臉，就像看見家人。年輕時我覺得自己很孤單，後來我知道了，站出來，你就不孤獨。

## 12 18

### 畫虎不成反類犬

一直在賴床，昨天遊行真的累壞了（因為太嗨，回到家都睡不著，一直吵著跟早餐人實況轉播）。

「沉默的羔羊演完啦！你到現在還在興奮？」早餐人說。

我知道我又變回小呱了。

「海綿寶寶有一個朋友叫小蝸，蝸牛的蝸。」她說。「那我要改名叫做小蝸。」我說。「可是小蝸很安靜。」她說。「為什麼？」我問。「因為蝸牛不會講話。」她回答。啊？

「我覺得你還比較像海綿寶寶。」她下了結論。

「親愛的，今天我做早餐給你吃。」那時都快中午了，放假日我總是特別狗腿。

「唔……」早餐人陷入沉思。「你要做什麼早餐？」她問。

「唔……」我陷入尷尬。那個，我會做的不就是那一道（煎蛋吐司）嗎？

「那我去買摩斯的早餐給你吃。」我又搖尾巴，摩斯就在巷口而已。

「你不是沒錢了？」早餐人嚴肅地說。

「唔……我，我還有錢啊！」我抗議，也不至於買個漢堡的錢都沒有。（而且早餐人那裡有錢啊。）

「還是在家吃好了。」她說。

「那我去做了喔。」我立刻跳下床衝到廚房。

登登。煎蛋，烤吐司，切奶油，泡茶，非常簡單的程序，但只要弄錯一個步驟，就全毀了（做到最後才發現忘了燒開水，一整個手忙腳亂）。哼哼，我也要放藍莓，我也要做可愛的早餐。

雖然弄得亂七八糟，跟早餐人做的簡直天差地遠，我還是很興奮地跑去叫她起床。早餐人也非常捧場，差點就來不及拍照了。

吃完早餐，我們又回到被窩裡了，種蘑菇，聊天，胡鬧，玩臉書。「我肚子餓了。」我說，想吃午飯。很想吃早餐人做的番茄炒肉啊！我暗示著。「那是晚餐要吃的。」她說。

噢，那我們來收成蘑菇吧！

如此的一天，太陽底下，早家無新事，日日是好日。

## 12 19

有時我真希望自己是能幹的主婦啊！

放假兩天，我們又開始整理房子了。辛苦的早餐人，可能快要被我沒有秩序感的性格惹毛了。

我想我的腦子一定沒有格式化，有我在的地方就會變成百慕達三角洲。

搬家真是大工程，總有新的東西跑出來，而需要的物品又會消失。好不容易才把書籍CD都融合，現在需要融合的是廚房用品。我對整理東西真是一竅不通，所以從前住處有很多重複的物品（水瓢就有好幾個，小水桶也是），再加上我強迫症的性格，常會有「多此一舉，但不這樣又怪怪」的許多程序。同居一事大大地使我面對了自己的怪癖，複雜混亂的我、簡潔有序的早餐人，真是對彼此的震撼教育。

比如現在浴室的毛巾量減少了。以往我會製造很多掛鉤，如我從前提過的，擦頭髮擦身體擦臉擦手擦腳各一的大小毛巾，隨著使用的身體部位高低掛放，牙刷光是我一個人就有四把（硬毛軟毛孩童成人各一）。如今牙刷架裡只有三把牙刷（她的我的，另一把屬於常來作客的妹妹），毛巾也減量了。

倒不是找藉口，我常想起媽媽。比我溫柔許多的母親也是不善理家的性格，印象裡，母親常把大小雜物放進各種塑膠袋或盒子，一包一包的，需要時總得翻找。倒是善於分類整理的妹妹每次回老家都幫忙母親整理，母親後來似乎已經開竅，可以把家裡整頓得有秩序（說不定是老爸整理的），但我若是回家了，必然又製造新的混亂。

白天早餐人不在家，我以一種秩序生活著，但時常很驚險，不時弄倒罐子，踢到櫃子，打破杯子，許多時間都在翻箱倒櫃。我記憶裡有黑洞，沒有放在眼前的物品就會飄進百慕達消失。

因為習慣了，並沒有覺得太不便，但早餐人一回家，只是看著她精緻的臉，沉靜的神情，我就會想起今天冒冒失失又闖的禍，想到自己鬼鬼祟祟設法掩飾的砸鍋事：衣服染了色，盤子撞缺角，昨天才整理好衣櫃，衣服又蔓延到客房的床上。她看我神情慌張，會微笑地問：「今天又怎麼了？」呵。呵。呵……我傻笑，撒嬌，裝乖。「帽子又弄丟了」、「黃色的杯子打破了」。

如果，我是一個能幹的家庭主婦，早餐人一定很開心吧！我幻想著，她一進家門，發現屋子變得超級整齊，桌上擺好熱騰騰的飯菜……（遠目）

實現這些事到底需要多少技能呢？我每天都在學習，但成為人妻之路真是漫漫長路啊。像我這種藍星來的青蛙，要幾萬光年才能到達家庭主婦的粉紅星球呢？

這是個謎。

時不時，我會跑到客廳去，見她又整理出一塊，是飲料區，簡直是個小吧台啊，把所有喝的東西都歸位（瓶瓶罐罐大包小包有二三十種吧），要煮咖啡、泡茶、沖燕麥奶，都可以在一塊，杯子也有專區。我心虛地在她身邊繞來繞去，「要不要喝麥茶」、「要不要熱湯給你喝」、「有什麼需要我幫忙嗎」？她沒回答，如果不熟的話會以為她在生氣，因為熟悉了，我知道她只是專心在工作。（心中或許也有些許無奈的回音……為什麼娶到青蛙？）

我在一旁搖著尾巴討好（青蛙有尾巴嗎），趕緊把熱麥茶給她喝。（一時情急差點又讓杯子滑脫……）

等她都整頓好，我一定、一定、一定要學會物歸原位，要破除百慕達三角洲，一定不要讓東西再消失不見！

加油！

## 12 20

# 做水

在藍星人的眼中，水是珍貴的，喝水是一件重大的事（不然青蛙會變得乾癟）。與早餐人同居之前，我就有一套自己做水的儀式，步驟如下：

用淺藍色尖嘴水瓢從水龍頭取水，放進B牌深藍色濾水壺，過濾完成後，倒進象印熱水瓶，等水燒開，將一半的熱水倒入紅色蓋子的耐熱玻璃壺，放涼。這就是藍星人喝的冷開水了。其實很方便啊！但跟早餐人一起半同居時，她那邊的住處濾水器直接裝在水龍頭，很方便；煮開水用的是P牌電熱壺；想喝冷水嗎？等水涼，倒進藍色蓋子的涼水壺。想喝熱水怎麼辦？水燒開時放進有可愛老虎圖案的Tiger熱水瓶啊！晚上我總是把保溫瓶帶進房間，這樣一醒來就有熱水喝。

等到我們同居時，水壺就變得很多了。

原有的濾水器沒法安裝在新家的水龍頭，只好先用我的濾水壺。昨晚她整理飲料區時，赫然發現小小的綠色茶几上放了水瓢、濾水壺、電熱壺、玻璃冷水壺、電動熱水瓶。「為什麼喝個水要這麼複雜？」早餐人崩潰了。「有了電動熱水瓶，為什麼不把電熱壺收起來？」她說。

「因為電熱壺煮的水拿來泡咖啡比較好喝。」我回答。真的啊，本來我都還想買個濾泡咖啡專用的長嘴銅壺呢！

「那電動熱水瓶收起來。」她說。可是這樣客人來的時候就沒有熱水喝。

「那藍色的水瓢收起來。」她說。

「不行。沒有它，我不知道怎麼裝水。」我說。

「反正要簡化，這裡太擠了。」她說。

大家光是看著，眼睛就花了吧！

我也赫然驚覺自己化簡為繁的能力真是太強。「那交給你吧。」我閉上眼睛，想像她如何將這裡化繁為簡。

後來，她說保留電熱壺熱水瓶在飲料台，電熱壺燒開水後直接當水壺（煮咖啡時也可用），想喝熱水從熱水瓶取。咦，一下子就解決我的難題了。

我默默地把藍色水瓢與濾水壺拿進廚房一角，嘿嘿，藏起來。等到安裝了濾水器，它們就用不上了，這兩個藍色的水壺可以拿來澆花嗎？

所謂磨合，有時是學習。我習慣自己在藍星上混亂神經質的許多怪癖，但我也知道那些繁複多餘的程序有時造成生活的負擔。在早家的生活裡，我喜歡大事都讓早餐人決定，因為最後她的安排總是讓我開心與安心。

我把退讓當作是旅行的入境隨俗。與她一起生活，我願意放棄自己的成見與習慣，就像移民，學習當地的語言，融入文化，適應風俗。這些舉動並不委屈，卻是一種讓自己變得開闊的經驗，我沒忘記藍星，但地球已是我的家。

「你把你藏起來的那些東西都拿出來，我才有辦法幫你整理。」她說。

「什麼東西？」我心虛地問。

「每個抽屜都有的電線啊、網路線啊、鍵盤啊、耳機啊、滑鼠啊、光碟片啊。」她回答。

咦？對。為什麼我有這麼多鍵盤？

「好。」我心想，它們到底散落在何方？

「以後我們就找一個箱子，專門放你的電腦相關用品好嗎？」她又是好氣又是好笑地說。

「是的。」我說。

我有預感，我即將變成一隻整齊的青蛙了。

## 12 21

昨晚工人來安裝客廳的百葉窗。我們把本來是餐廳的空間改成大書房，想不到一扇白色百葉窗把空間整個都打開了，顯得更開闊、敞亮，我跟早餐人都開心不已。夜裡兩個人興奮地看著型錄，上網找資料，想著該給餐桌與書房買個漂亮的燈。搬家至今，我們都是用最省的方式把兩人過去的家具混搭，除了最初的水電紗窗廚具更換，還沒花錢在家具上，這扇一千元的百葉窗是第一件。雖說是為了省錢，主要也是我們的個性，不喜歡成套規格化的家具，總覺得家應該是這樣一點一滴慢慢累積，長出合適住其中的人的模樣。

睡前，我突然打嗝很厲害，弄得都無法睡覺了，她突然「喝！」一聲。我問她怎了？她說：「嚇你一跳，可能就好了。」我說沒嚇到啊！她問我：「那要怎樣才可以嚇著你？」我一邊打嗝，一邊抗議：「我不喜歡被嚇！」

被窩裡，就聽見我有節奏的間歇打嗝聲，想來，要好好睡覺是不可能了。她忽然悠悠地說「你上一篇貼文只有十個讚」。「什麼？」我問。「十個讚啊！」她又說。「怎麼可能？」我大喊一聲，「把手機給我。」

她微笑著說：「哈，嚇到你了。」

我的打嗝就停止了。

夢裡，我到她家作客了，他們全家人都在，好像住在很偏僻的山裡，連已經過世的爺爺奶奶與她父親也在場。要辦筵席。難道是我們的婚禮嗎？不知道。只見大家忙進忙出，屋裡充滿魚肉菜香，我不知為何與她嘔氣了，兩人鬧著不說話。我們似乎還很年輕，她仍是當年我見到的長髮模樣。我氣惱她的不讓步，提著包包就要走，心裡還盤算著，如果離開了，不知道外面有沒有公車可搭，晚上要到哪裡過夜？我見她沒有退讓的意思，就默默走出了屋子，期望她追上來，故意走得很慢。她果然追上來了，卻也沒有要說什麼好話，兩人都是倔強表情。她拉了我一下，我還把她甩開，她生氣了，轉頭就走。我站在原地進退不得。好後悔。

醒來，發現我們好端端的在被窩裡，沒吵架也沒賭氣，更沒有離家出走。窗外雨聲驚人，我把頭埋進她背後，把她叫醒。「我們不要吵架了。」我說。她不知道我在說什麼，含糊地回答我。

這樣的一天開始，就該有可愛的早餐來壓驚。我非常開心地吃著，我們繼續聊著那些燈的話題，彷彿已經看見陸續地會有一盞一盞燈亮起。她突然問我：「你以前到底是怎麼過生活啊？」

我想了一會。以前，我活在小說的世界裡吧。

終於，在現實世界裡，我也有了我喜愛的生活。

## 12 21

## 國字臉

買了新乳液，是給敏感肌膚保濕用的，當然是為了早餐人。她的臉因為長期在烤箱爐火前的高溫，只要一勞累，皮膚炎就發作，臉頰又紅又乾，有時她會哀怨地說「毀容了」。除了看醫生擦藥，當然要注意保濕。我已經是很不懂這些保養程序的女生了，但她更不懂，都是乳液抹在手心搓兩下，隨意抹在臉上，相當豪邁。

我說，「我來幫你搽乳液」，就倒了一般我用的分量，輕輕點壓，在她臉上抹開。這時我才發現她的臉竟然那麼小啊，乳液只用了一半的量。

難道是瘦了嗎？為什麼以前我沒注意？

這時我想起了我的國字臉。

母親就是早餐人那種臉型。以前在家時，會看母親化妝，她單眼皮、高鼻梁、小嘴巴、瓜子臉，沒有一處跟我相像。我又從不化妝，對那些女孩氣的事物不感興趣，但我喜歡看媽媽的臉，看她從茶几底下的抽屜櫃拿出不知何時偷買的保養品（一定是被洗頭店的小姐慫恿推銷的），專心地塗塗抹抹。有時她會問我都用什麼保養，然後拿出一、二瓶什麼給我帶走。她也曾在做生意的空檔帶我去買保養品。母親年輕時就養成上美容院洗頭的習慣，每週兩次，在夜市附近的小店，家裡無論經濟狀況如何，父親從不阻止她去洗頭。其實那也是母親唯一獨自外出的時候。洗頭店就是她的咖啡店，她在那兒看雜誌、休息、按摩、社交，甚至採購。我曾陪母親去洗頭，「用力點」是她的台詞，無論是按摩或洗頭，她總挑選力道最強的。

國字臉是來自父親，大眼睛也是。從小就知道女孩長得一張國字臉，側邊臉骨方又帶角，已與美女無緣。小時候當然埋怨，況且我一直是內雙，直到大學去掉嬰兒肥，雙眼皮才長出來，過了相當慘淡的少女時期。

曾幾何時，我也學會保養皮膚了。偶爾我也化妝，我也去美容院洗頭，行徑與母親相似；我也把買來的化妝品偷藏在抽屜裡，像小狗藏起牠的骨頭與玩具。我想起每到冬天，母親都拿乳液給父親抹在手腳上，父親也是那麼嫌麻煩地隨意抹兩下，媽媽就在一旁嘀咕。我曾買過薰衣草香味的知名護手霜給她，她一次就愛上了。時常，隔著遙遠的距離，我與她使用相同氣味的護手霜、乳液；我猜想，幾乎在同一時間裡，我們都追著另一半要給他們塗抹乳液。然後夜深了，父親早早上床，母親會在樓下獨自抽菸、喝茶，看深夜的影集或重播的連續劇，那時間我已經睡了。

如今我已經不嫌棄我的國字臉，我喜歡它的角度，讓我的長相帶著一種個性，那是家族遺傳，像是說：無論我多麼孩子氣，無論我後來變得多麼親切、日常，我身上帶著某種永遠也磨不去的銳角。我將之藏在頭髮裡，我不刺傷別人，但我會守護我信仰的價值。

## 12
## 23

看著雜誌為我們拍的合照，相機攝下的剎那，那是真的，也是假的，正如小說裡的世界，從現實裡吸取能量，自成它獨有的真實。原來現實並非只有一種，正如我相信時空也不只有我們肉眼所見的這個，或許某一時空裡，真有那樣一場筵席，我們真的穿著禮服偷偷從人潮擁擠的宴會廳裡溜走，信步走在下午兩點的安靜巷弄，拉開咖啡店的戶外座位，偷空點了兩杯飲料。那樣的我們，之後會到哪裡去呢？會不會又跑去找什麼汽車旅館？或在樓梯間的轉角，恩愛纏綿。或者，我們會搭上隨意一班公車，到任何地方去。或者，我們還是會乖乖回到筵席上，繼續著該有的典禮……那個時空生出的我們是否將過著與現在不同的人生？

年輕時的我最怕拍照，我不相信那框住的時間，那種在畫框裡凍結的畫面。我總是想著，鏡頭以外的人生一定不是這麼回事吧。我眼睛看著的，心裡想的，都是無人知曉的時光。我看見幸福的家庭合照幾乎會顫抖，因為彷彿我已經看見那背後的黑暗與不幸，鏡頭對著我，我認為那是在逼我說謊。

我帶著這樣的想法度過了許多時間。真實與虛構、現實與想像，我以為它們都是對立的，正如快樂與痛苦、黑暗與光明，而我以為擁抱黑暗才是誠實的。

不知道何時開始，我相信了時間的力量，即使瞬間凍結，也能結成水晶。我開始願意讓鏡頭對著我，如同我有能力直視他人眼睛，熟悉的、不熟悉的，愛我的、恨我的，支持我的、反對我的。

我看見了許多許多，那是只忙於凝視黑暗的我看不見的種種。或者該說，我花費了漫長時間凝視黑暗，才有能力穿透那些暗黑時刻，體會到時間的形狀。

我凝視著這張照片，感受到的並非是自戀的快樂，而是感動於我們活過春夏秋冬，穿過現實種種。那是值得銘記的一天，所以按下快門，試圖捕捉那一小塊瞬刻即逝的時光。相機無法捕捉到時間的實體，捕捉到的是光影、顏色，與魔術般曾經存在就永不消失的片刻。

此時，窗外傳來幼稚園孩子們熱情的吼聲：「祝某某老師聖誕節快樂！」一次又一次，喊得那麼認真，那麼忘情，我忍不住也想大吼起來：「祝臉書的朋友們聖誕節快樂！」

# 12
# 24

## 平安夜

這是我們第三個聖誕節。

昨晚被窩裡就討論今天想吃什麼，都一致說應該來個烤雞，「最好是手扒雞」，早餐人說。今天她得上班，我下午要去女書店參加《違章家庭》的新書發布會，說好各自忙完就專心過節。昨天早餐人拿回櫻桃酒與薑餅人餅乾，已經很有過節氣氛，沒時間多做布置了，見招拆招吧。

大夥聊著「家」，我不斷想起這幾年我們的境遇，多年來的動盪、分離，各自的曲折遭遇，重逢之後的磨合、紛擾。「成家」何其困難啊，我們都曾以為自己會孤獨終老，都為此做了準備。一個人的家也是家，我們學習跟自己相處，其實過得也不壞。正如我們第一眼辨認對方時，那相同的感受是「我們都是那樣孤獨啊」，我們深信唯有對方能夠理解自己，而那時，我們所知的，也僅僅是如此。你看見她的孤獨如看見自己，你看見她的悲傷如看見自己，而那時，她身上有破洞，而我根本就是個黑洞。兩個破損的人能夠理解對方，卻不足以阻止這樣的相遇不帶來傷害。

你分明愛著她，那愛如此強烈，但那份愛是什麼呢？它該如何成形？它會將我們帶到什麼地方？那愛的感受讓我們面對面，靠得如此接近，我們幾乎可以碰觸到對方的靈魂，我們只要在一起就能感受到那強烈卻微弱的溫暖。

奇怪，強烈的為何微弱？

漫長的時間裡，我們摸索著答案，為此都吃了很多苦。

第三個平安夜，終於平安了，我們如常地看著星期六深夜的DEXTER影集，先吃了頂呱呱的小炸雞，開了櫻桃酒，把滷味擺上桌。早餐人說好餓啊，我又去煮了外省乾麵跟蔬菜湯。客廳很冷，她蓋著小毯子還是覺得冷，我就去把重複使用的穀物暖暖包加熱，放進毯子裡，毯子變得炕一樣溫暖。貓都睡了，屋裡只有我們倆，安靜的，家常的，平安的，像過往的每一天。她突然問我：「太太，你為什麼疼我？」我立刻說：「因為愛你啊！」「那你為什麼愛我？」她又問，簡直是腦筋急轉彎啊，我立刻回答：「因為你可愛啊！」她看看我，轉頭就繼續看電視。

愛一個人可以有很多理由，也可以沒有理由。以前我感受到的那些強烈的情緒，那是愛慕、欲望、渴望，更多時候是我透過那樣選中一個人似的，發出愛的求救信號。為何強烈而微弱，因為我更多時候其實是渴望被愛，期盼透過愛這個行為，得到力量，找到救贖；我把每一個我自認為愛著的對象，都當作是我得救的希望。

我在廚房洗碗時，她慢慢喝著酒，繼續看著其他電視節目——明天放假，享受著那一點難得的悠閒時刻。在杯盤碰撞（因為戴著手套動作笨拙，我洗碗總是乒乒乓乓）與電視聲音之間，我心中非常寧靜。我喜歡看她那樣快樂。生命裡我說過無數次「我愛你」，對著許多人，每一次我都覺得真心，但卻不解其意義，彷彿那是個咒語，那是只要說出口就會成真的魔術。而在這個小廚房裡，我清清楚楚感受到了那句話的意義。我曾耗費漫長時間學習，而總是痛苦悲傷地想著：啊，我不行，我沒有愛人的能力。但我現在知道了，我有能力愛人，那是沒有藉口也不能退縮的，我將自己展開，全無底限地朝向她，我不害怕，我知道我可以承擔。愛是艱鉅的，愛也是簡單的，那只是要我張開自己，毫無疑慮地，知道也認定。我願意將她的需要置於最優先，我不會退回自我保護的那張殼裡，無論發生什麼事，我會選擇保護她。

那僅僅是一念之間，我心中的黑洞消失了，徹底瓦解。或許黑洞已經不存在很久了，我只是還以為那個東西仍吞噬著我的生命。

那不是一種幸福的感覺，而更接近於安靜，因為那不是什麼破天荒的創舉，只是我原本就擁有的力量，我原原本本的，把它找回來了。

我把碗盤洗好，放進烘碗機，走到客廳，一切仍如往常那樣，沒有發生任何變化，彷彿愛就該是那樣，只是我們所付出的、努力的，終於不再被某種可怕的怪物吃掉。它落在堅實的地面上，在我身體裡，一點一滴，如深夜的雨掉落地面，它會被乾涸的土地吸收，在第二天蒸發，然而，它滋養了世界，可能使得世上某一朵花盛放。

## 12/25

我覺得自己好像狗仔隊啊！每天都忍不住想偷拍早餐人的許多畫面，比如今天早上。昨晚她就說今天跟同事約好要騎車去上班。搬到新家，一直忙碌著，腳踏車還是第一次上路呢！早上吃完早餐（最近都是我做的早餐呢！呵呵，就是烤吐司配上熱紅茶，她會自己抹果醬，我的則加上煎雞蛋），就開始叮嚀著她該穿什麼。厚外套嗎？那件太厚了，路上肯定出汗。糟糕沒有安全帽怎麼辦？她說，同事也沒安全帽啊。那手套呢？機車用的手套也太厚了吧，她似乎要赤手空拳上路的模樣。那趕緊來把水壺裝滿吧，要不要圍巾？我在那兒奔來奔去，只見她悠悠哉哉，一點也不理會我的嘮叨，她去陽台看天氣，還有些雨呢！我又開始擔心起來，要不要穿雨衣啊？她說外套能輕微防雨。「雨如果越下越大怎麼辦？」我一直在碎念。

人妻變老媽了啊！切記，婚姻生活第一殺手就是「媽性」，我立刻住嘴，笑咪咪地送她出門，但一到門口，看她牽著車子的模樣忍不住就拿起相機來拍。

直到她出門後，我仍惦記著她背著書包的模樣。

這世界上那麼多人，為什麼我們會鍾情於某個人，情況嚴重，近乎迷戀呢？這是個好問題。以前我總認為是因為陌生感。人們對於陌生的人事物產生瞬間的觸動，使我們產生創造力，那觸動可追古溯今，觸動你任何一個記憶。那個被愛的對象使你充滿愛的靈感，「我愛你，但與你無關」，我們愛著那種戀愛的感覺，有個對象在那兒，彷彿空白的畫布，任我們揮灑。

然而我們一起生活啊，這麼近距離觀察一個人，我不確定我是否還帶著少女心的幻想，但我很肯定的是，我每天都能多瞭解她一點點，帶著一點獵奇（她真是跟我完全不一樣的人種啊），帶著許多納悶（為什麼能夠做出這麼好吃的東西？為什麼要花這麼多時間整理書架？哼哼，龜毛？固執？）與時常浮上心頭的反省與感嘆（這世界仍有善良溫暖厚實的心如我們期盼的那樣，我們會因為他人的美德而更愛護自己，設法也要守護著自我中那樣的品格）。她是如此尋常，與最初戀愛時渾身充滿電力的美少年不同的是，她使我這個一直活在虛構人物世界裡的小說家，真正從吃喝拉撒食衣住行喜怒哀樂每一層面去看見他人，甚至看見自己。我猜想是這樣對於細節的喜愛使我沉迷於觀察她，記錄她，並且從這樣的觀察紀錄理解裡，每日每日地，更貼近了我曾認為我無法進入的現實，從而使得我這人的存在也真實了起來。「我是個普通人」，她總是這麼說，後來的我聽懂了她的意思。我想起我時常在街道上停駐，好認真地看師傅修理機車，看工人扛瓦斯，看路邊一棵樹枝葉的生長，看巷弄牆頭跑跳的貓；我會在公園裡看老人打太極拳，看婆婆媽媽跳土風舞，看人們下棋。這些生活裡的人事物，在我經過、停留、觀看、理解時，融進了我的身體裡，療癒著我這許多年來因為長期專注寫長篇造成的損傷。

我喜歡她身上屬於普通人的一切，那讓我也回頭再去看我的父母、故鄉、童年，目光卻是平淡的，像一幅一幅靜畫。終於世界安靜下來了，讓我可以喘口氣，找到了舒服的位置。那是一個普通人的位置，我可以好好坐下來，看看天光雲影，覺得全身手腳都舒展開來，儘管只有那麼一會兒也好。

# 12
# 29

昨天非常混亂，今天一早起來也是，越接近過年就越忙碌。今年過年來得早，許多年前得辦妥的事一一湧上來。

開心有時，悲傷有時，還是看見自己性格裡的許多缺點，或因為過去傷害造成的地雷。每到一年結束，迎接新的一年，我總是會檢視過去這一年的自己：是否逐漸克服性格裡的陰影，有沒有變得更強一點？是不是好好地完成自己期望完成的工作？希望每一年過去，除了變老，也變成「更好的人」。

容易神經質的個性即使以為自己隱藏得很好，還是會不小心發作起來；以為自己克服了鑽牛角尖的毛病，但一不小心還是會鑽進去；改變自己的同時，又希望保持自己的獨特，真是難事。磨合的時候啊，兩個人真的都還是很痛。但無論如何，愛護彼此的心意都是一樣真摯。我在想，親密關係最重要的價值（也是困難的部分），是在這近身接觸、幾乎全方面的互相看見的過程，理解自己，理解他人，理解世界。過去的經驗裡，最後不敵的往往不是愛情的變異，而是在這樣的近身接觸裡，我們發現了自己的局限，甚至無能為力之處，愛情往往就走不下去了。

在愛人這方面，我還只是個小學生，甚至幼稚園，時常感覺到自己還是那麼無知而徬徨。但我很確定我不會像以往那樣逃跑，我會盡所有的能力，正如寫作那樣，這份愛是我終生所向。

我想著年少時我才剛寫小說，那麼努力認真又惶惑地讀著那些偉大的小說，我會將之抄讀在筆記本，甚至大聲地背誦。知道自己還是學徒，便虔誠地學習。

小說寫了二十年，我看見自己的進步，看見那些或許不完美但確實存在著、如階梯般一本一本將我帶到此處的作品。

但愛情啊，我學習的時間並沒有更少（作品也是），但許多時刻，我回望那些往事，我難以看清楚自己的進步，我看見更多的是重蹈覆轍，看見那些沒有避免的錯誤，看見陰錯陽差，看見彼此的心碎，看見其實不是沒有愛的決心但確實走不下去了的悲傷，心中時常一凜，深深知道愛的珍貴與其艱難。而落實一份人世裡相伴相守的愛，是百倍的艱難。

而且還沒有經典的文本可以抄讀、學習。

每一對戀人，都走在前無古人後無來者、僅屬於我們的曠野裡，因為他人的幸福我們無法學習，他人的困難我們也不能避免。所謂「我們」，是一種特殊的關係，那之中必須保有自我，但卻又不能不涵蓋對方，自我的問題會影響到彼此，而彼此的問題還會回到自身，無論喜怒哀樂，還是得兩人一起經歷。

但即使在曠野裡，我們也要繼續相愛啊！

因為回頭看望我與早餐人的愛情，那凌亂的足跡裡，已經走了那麼遠，越過了水窪、深谷，躲過野獸；我們看過繁花盛開，也經歷了寒冷荒蕪。即使忽遠忽近，忽而親密相疊，忽而憤憤相背，我們一起經歷了那麼那麼多困難啊。我們應當為「我們」的努力感到驕傲，因為這一長路裡，兩個人始終走在同一個方向，朝著一個目標，那是堅持的道路。

加油，我對自己說。早餐人，這一年謝謝你的照顧，新的一年，也要請你多擔待了。

## 12
## 30

昨晚早餐人回到家就嚷著說「老了」。原來是久沒騎車，竟然腳痠，早早就睏了。真好，我們快要開始過著早睡早起的生活了。我拿熱敷袋給她敷腳，簡單地按摩，兩人在床上拉雜談著一天各自的發生。我多開心看見她終於從忙碌混亂的工作裡找到一點喘息空間，甚至可以開始運動了。

今天天氣真美好，她又牽著車子上路了，我把該看的書稿打開，就在客廳的餐桌上工作，陽光暖暖，充滿整個屋子。打開許久沒聽的廣播，彷彿是重逢前的某一天，我獨自在高樓的窗邊書桌上，陽光曬在書本上，廣播裡的人們說著話，播放音樂。那時，我曾經垂下目光，想像過：早餐人不知在什麼地方做著什麼事，不知她過得好不好，身邊是否有人陪伴。我想像著，卻又不敢多想，因為我自己已經有伴了。那時我幾乎確定她就像天上的雲朵隨著時間、氣流或者什麼力量的推動，緩緩地，越過了一座山，越出了我的視線。我想我們是不會見面了，想到此處我就會陷入一種奇怪的茫然中。我感到悲傷，卻又因為知道如此她不會再因為我的任何事而傷心了，也感到安心；卻又因為隱隱感覺她也會惶然我們的失散，或者，她不曾再想起我了。無論我是否存在於她的思緒裡，我只希望她幸福。

二〇〇三年，我們相戀，走散。在愛情最美好熱烈的時刻，她曾給我寫了這樣的信：

晚上在書房
開著小檯燈
非常安靜的夜晚
拿出你的小說坐在床上看著
貓咪們都跑過來
兩隻躺在地毯上
另一隻窩在我身邊
讀的時候好像可以看見那些大街小巷
那些人們叫賣的臉孔
你的腳步你的眼睛
都是我熟悉的
連卡匣式的錄音帶馬戲團抽枝仔抽糖果穿龍袍叫賣紹子麵的阿誠都是我熟悉的啊
你的字變成一座橋
一個字一個字穿過我的眼睛
每個字都帶著一個記憶的祕密

然後我和你的記憶就被打通了

清晨五點
鳥兒們都醒來
安靜中仔細地傳來早餐店的聲音和香氣
安靜中街道上的空氣一點一點地逐漸醒來
一天要開始了
才正要帶你去遠方

貓咪們醒來
跑去窗前發著呆
聽完你說的故事
已經七點鐘了
陽光像是要讓所有的一切都從最深的地方甦醒起來
變得那麼寬厚
你的字一個一個地陪著我
在我的眼睛裡在記憶最深的海上
祕密地灑下像雨一般紛紛的亮光

你就這樣地對我說了一個晚上

清晨裡

我想著你現在在做什麼呢

在橋的另一端睡著的你其實就這麼安安靜靜地在我的身邊……

我曾引用了這信，放進了《橋上的孩子》最後一章，那信最後其實是這麼寫著的：

清晨裡

我想著你現在在做什麼呢

在橋的另一端睡著的你其實就這麼安安靜靜地在我的身邊

嫁給我

讓我陪你到天亮

後來她就給了我這個戒指，戒指裡刻著她的英文名字。我們還沒結婚，也沒想到該怎麼做，我戴著這個戒指飛到了異國，卻經歷最使她傷心的變化。我辜負了她。

離散之前，我把戒指還給了她。將戒指脫下來的瞬間，我彷彿也看見了自己的碎裂。

多年後重逢、結婚，我們還沒找到合適的婚戒。第一年除夕夜到她家吃飯，她拿出了這個戒指，她說「這一直是你的」。

那時，是最寒冷的冬天，我們仍在難以言喻的各種痛苦裡熬煮。而至今，我每看到手上的戒指，總要想著：結婚儀式與這個指環是重要的。對於戀人們，這世間太艱難了，應該有個什麼，彷彿鎮魂之物，這麼安定著，守護著戀人們的心。

## 12 31

「晚上要怎麼跨年？」我問。

「在家啊！」她說。

「看DEXTER嗎？」我問。

「對啊！」她說。

「那我要吃手扒雞。」我說。

「那頂呱X還是肯得X？」她問。

「都可以啊！」我說。

咦？這樣不是跟聖誕節一樣嗎？冰箱裡還有湯圓呢！如果煮一煮，也滿像過冬至的。

過日子比過節重要。

我們的生活一直很日常，因為工作忙碌，難得的假期都在整理家裡，搶到時間可以跟朋友聚會就非常開心。我們很少去餐廳，更鮮少到電影院，頂多就是逛逛超市，去公園散步，總覺得兩人相處的時間不夠用。

二〇〇二冬天認識，〇三年春夏之交戀愛，夏天尚未結束，我們就分開了。那中間時光我們寫了好多e-mail，我自己這邊當然早沒存檔了，每次電腦中毒或故障，幾千封郵件就這麼消失不見，所以我與她分離的那些年裡，身邊真的沒有任何屬於我與她的物品。只有一本小冊子，是我們當時交換日記用的，那本冊子裡有她一邊流淚一邊寫下的字句，字跡都模糊了。我從來沒有能力把它打開來看。

那些時間裡，我忍不住會在人群裡尋找與她神似的身影，我會去翻看她曾工作的出版社的新書，尋找編輯欄的位置，看是否有她的名字。倘若有，我會像傻瓜一樣用手指撫摸著那張寫有她名字的書頁，用此確認她至少還在工作，但後來連這個也找不到了。我從未動用過任何關係試圖去尋找她，我不曾向他人打聽過她的消息，似乎連提及她的名字都覺得是冒犯。我總以為她是在躲避我，不想見到我，因為我的電子郵件、家裡電話、手機號碼都不曾更換，要找我是容易的。有時我甚至會因為自己太容易尋找了，比如出了新書、上了報紙，我不免想到或許這樣對她也是一種打擾。

新年或生日，我不曾許下比如「讓我見到她」的心願，因為我害怕與她的相見。倘若她仍愛我，會勾起她的痛苦；倘若她已不愛我，我會感到傷心。當時的我想不出另一種可能：如我現在所看到的後來，我們能平靜地見面；過去曾那麼撕肝裂肺的痛苦，能夠被某種什麼、時間、神蹟，或自己的努力、彼此的寬諒，令那痛苦可能轉化成另一種更好的東西，對生命有益。我們有機會穿越那痛苦，依然相愛。

我時常暗自默禱，希望她健康平安。

那是非常怪異的期待。你盼望見到一個人，但你又感覺，或許你不出現，或你的消失，其實對她比較好。那時的我，在核心裡，在某個極為隱密或許連我自己都不知悉的靈魂或意識深處，對自己是自棄的、矛盾的、困惑的。

我很少靜下來觀看這個部分的自己，好像那是一個不可以掀動的祕密，彷彿只要我去碰觸這個問題，我辛苦建立的世界就會整個倒塌。

我想，從來也沒人教過我們，如何去面對這些圍繞著愛而產生的種種疑問。

我是到了這幾年才有能力這樣思考，像剝開洋蔥，像解開毛線團，或者像是打開又解上，結上又打開，或是以複雜的工法亂針刺繡，又以更複雜的方式，從那一團混亂中解讀隱藏的圖案、或密碼。無論以何種方式，幾乎可以說吧，到了最近，我才能夠不被那其中足以使我凍結的大哉問擊倒。那核心仍是我幾次寫過的，因為過去種種而自我評價為「沒有能力愛人」，將許多行為，或戀情的結束，都當作是自己「無法愛人」的證明，扛著這個印記，使我失去與自己辯論的能力，也無法解決問題，只能一個又一個，在不同的戀愛關係裡尋找「奇蹟」，等待有一個人將我治好。

如今我知道了，過去的關係無論以何種方式結束，都不是失敗。倘若我們能從中學習到什麼、任何一點，足以認識自己、認識他人，可以稍微理解一點點關於愛與關係的什麼，那麼，這段感情就完成了它的價值。我們從一段感情離開，到下一段，很像是從小學畢業，到國中；或者是重考，重讀，或一直畢不了業。我們要認識到的只是：對不起，現在能力還不夠，但我會繼續努力的；無須因為分離的痛苦，無論誰先提出分手，無論是否以外遇、變心、甚至背叛，造成對方或彼此的痛苦，而將自己或他人判下無法翻身的罪責。

那太重了。

愛不是罪，愛的過程使我們感受到的狂喜或狂悲，都不是因為其中含有罪惡，無論其中牽涉什麼道德爭議，愛，回歸到愛的本身，它的價值極其單純，無法以過程與結果論斷。無論或大或小或長或短的愛情關係，在相愛的瞬間，在產生愛的當下，它美好的價值已經確立了。

我們使某人心碎，某人使我們心碎，我們徹夜痛哭，在無人的深夜街道疾走；或者，那些如永夜般的痛苦，不可能被撫慰的悲傷，甚至一死了之的狂亂時刻。即使如此，倘若將那個時刻凍結，存放到遙遠的未來，假設有這樣的裝置，我想，當我們凝視那些被凍結的時光裡的種種，那些面容猙獰、哭號悲慘、互相指責、大聲叫罵的臉，背後仍有著令人心中隱隱想著「唉，這就是愛啊」的動人光輝。

那些痛苦，因為曾經是愛啊。

我很喜歡駱以軍寫到的，「在途中」。如今我寧願解釋為在途中，一直都在途中，我們不放棄，不虛無，不逃避，不否定自己，我們知道我們仍在學習，我們在經歷愛的種種（甚至包括無愛）。我與早餐人有幸結伴同行，即將一起邁入新的一年，我們還會繼續思索這些問題，並且不會忘記繼續照看對方，寶愛自己。我期盼我能更強壯、溫柔、寬闊，同時仍不忘記仁慈對他人或對自己。

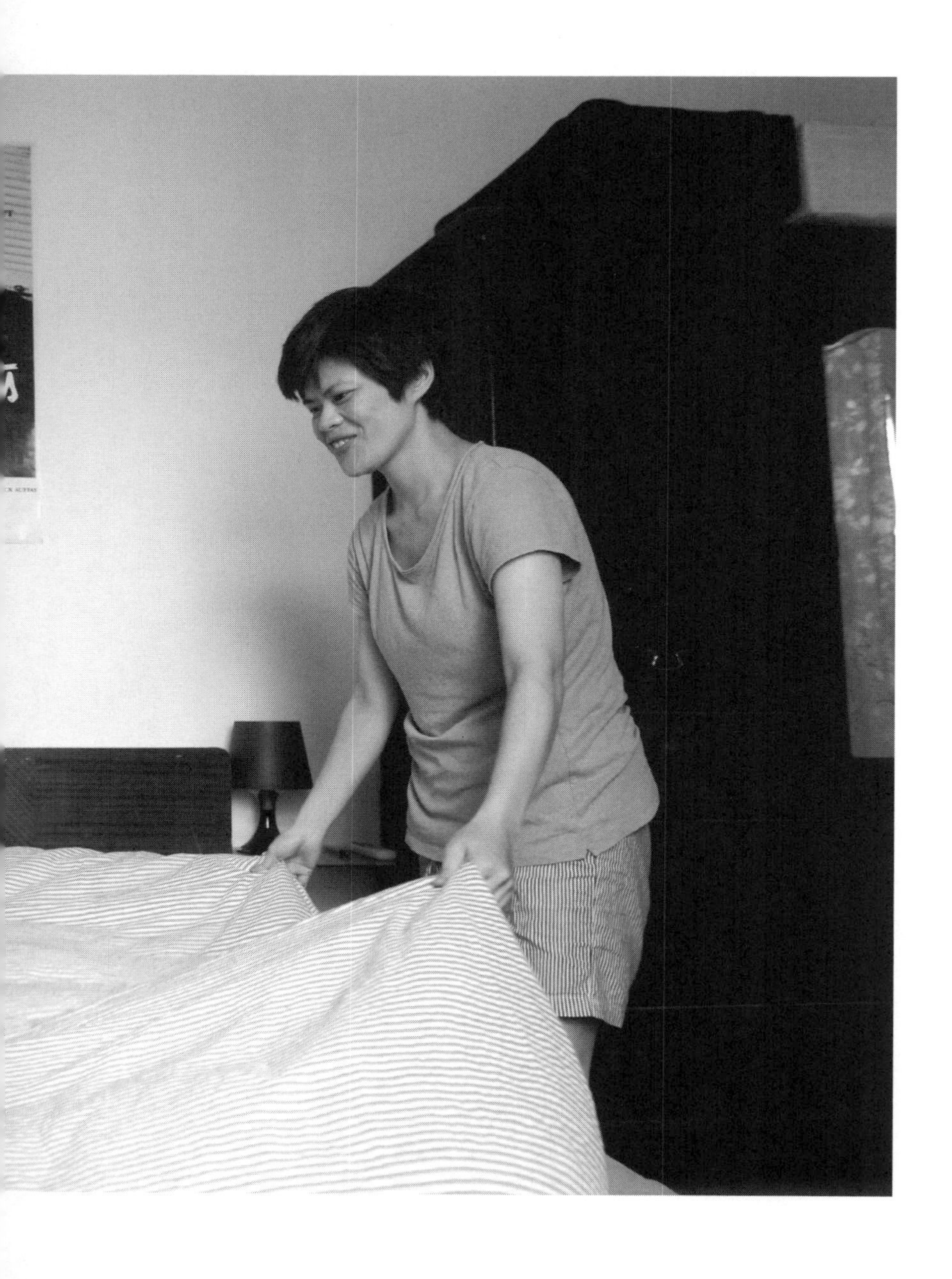

# 2012 01 02

昨天各自都很忙碌，等早餐人開會回到家已經十二點多了。我煮了乾麵，她煮了番茄蛋花湯，我們就在餐桌上邊吃邊聊。一向沉默的早餐人，每個月只有一、二天突然變得話多——通常都是突然接受到太多訊息，聽了太多人說話，彷彿必須像作夢般將它們一一消化整理才能恢復她原有的節奏。那樣的時刻，我就聽她說。當然，也有忍不住插嘴的時候。

「把它忘了」，有時我會這麼對她說，就像是催眠一樣，因為知道她的頭腦是非常精密的儀器（精密而容易當機）。我會適當地提醒她，她也會露出「噢，對，這跟我沒關係」，或者像是突然仍在夢遊似的，對我露出奇怪的神情，我就會再說一次，「把那個忘了」。

因為她是非常非常認真的人，其認真程度有時令人捏一把冷汗，但又覺得這樣認真是沒錯的。我只好扮演那個昧著良心的人啊，說出我們早家的咒語，「忘了它」。

其實許多事我們都沒忘。這句咒語的意義不在於遺忘，而在於通過，那咒語可以消除事件或他人言語帶來的衝擊，能夠潤滑我們突然因為固著而造成自己的傷害。簡言之，不讓我們鑽牛角尖。那句咒語使我們滑過那些卡卡的地方，回到真正的思考裡。

很久之後我才理解，身邊有這樣的對象，我們互為對方的提醒者、密友、聽眾，無論在外面遭遇任何事，你知道可以回家來對她說。有一個人，她是你的盟友，是你最清醒又最支持你的聲音，你可以對她說出你的祕密、你的困惑、你的憂傷；你在外面世界遭受的榮耀或打擊、禮遇或屈辱，你們在屋裡把這些那些說了又說，想了又想。那些看似在餐桌、在沙發、在床鋪上特別認真的對話，那是知心好友的體己話時間，但又比那更實際些，那關乎一個具體的關係締結，命運攸關，榮辱與共。我想，這就是家人。

我突然想起童年時印象非常深刻的一天。還是小孩的我們跟著爸爸媽媽到了爺爺奶奶的住處，廳裡還有幾個叔伯姑姑，父親低垂著頭，母親在啜泣，屋裡亂哄哄的，院子裡擁擠著些鄰居親友。我在瑣碎的對話裡聽出了是我們家出了問題，與金錢有關的。

那個漫長的下午，大人在談判、協調，我們家五口是最少開口的那群，像一搓人偶，在眾人的言語聲中越來越渺小。我忘了我們是如何走回其實距離並不遠的家中，父親闔上門，所有聲音都安靜了。

孩子們立刻忘記發生什麼事地屋裡四散，但我還看見父親與母親以近乎耳語的聲音在談話。他們談了很久。在那個聚落裡，我清楚知道，我們才是真正的一家人，而父親與母親，他們是最強固的聯盟，因為他們要保護我們。

我與早餐人沒有孩子，兩隻貓從來也不懂得我們為牠們操了多少心（呵呵，開玩笑的，我們的貓太乖了，除了打架從不闖禍）。

雖然我們的生活簡單家常，但我知道，倘若遭遇了任何大大小小的困難，我們都會像那日我的父母那樣做，我們會成為混亂中最堅固的聯盟。

## 01
## 04

每回早餐人對我說「太太我的身體怪怪的」，就是人妻民俗療法開始發功的時候了（這種療法僅限於戀人之間）。

「身體怪怪的」有幾種可能：累了、餓了、中暑了、感冒了、性飢渴（開玩笑的啦）、性生活太少（咦怎麼老扯到這上頭）。不過無論是哪種問題，看起來都很像，她就會懶懶的、悶悶的、怪怪的、痛痛的（我越描越黑了）。如果有時間帶她去看中醫就好了，那些抽象的字眼可以靠望聞問切使之具體。而她每天早出晚歸，能依靠的，也只有我這個蒙古大夫。

通常，都是先給她喝杯熱開水，然後把她安頓在有靠背的椅子上，程度輕微的話，就是按摩啦，再來就是刮痧。從前媽媽最喜歡刮痧，任何毛病都靠刮痧治療，所以我早就學會刮痧技術。這幾年手不好，技術退步了。

這麼冷的天，她照樣出痧。

這次問題較嚴重。以前每次刮痧，她總突然像醒過來似的說「太太我的眼睛亮起來了」（她說感覺就像屋子電燈多開了幾盞）。昨晚刮痧完，她像個布娃娃似的，又軟又乖，而且很傻，我非常擔心，趕緊給她喝熱水、熱茶，拿毯子給她蓋，讓她到沙發上坐。她說「這樣很像對待寵物」。

嘿嘿，不是啦，我，我只會這一套啊，大半夜的，也不知還能怎麼辦？

後來我們很早就上床了。床鋪上聽她說些工作上的瑣事，總覺得她還有好多話想說，我似乎瞌睡了一下，又趕緊睜開眼。難得她想說話，一定要好好地聽啊，但說實話，我這化外之民，根本沒在什麼正經的地方上過班，這十年來更只是關在家裡寫小說啊，真是一頭霧水。但，無論如何，我很願意聽你說，要為你分憂解勞……我拍拍她，又說些自己也不太確定的鼓勵話語。好冷啊，拿襪子給她穿，把暖暖袋放進被窩裡，我還想問她什麼，她已經睡著了。

今天她傳簡訊給我，說：「太太謝謝你照顧我。」

我一時感到更心疼了。我想，她一定從小就是最堅強的孩子了，雖然一臉秀氣，卻總是像男孩一樣被對待與要求。她時常是那個照顧者的角色，在家裡是長女（我們倆都是長女啊），除了自己的生活，還得負擔家計，做的又都是勞力的工作。她永遠那麼ㄍㄧㄥ，誰都可以依靠她，她總是那個最讓人放心的員工，最可靠的朋友。但我總是這麼想：這世上只有我目睹她的軟弱，看見她放下堅強的外表求助的模樣；這世上只有我一個人，是她能夠真正放鬆下來，用孩子氣的語調，說幾句其實也不算撒嬌的話，因為她知道我理解她。我雖然瘦小，在她疲憊時，我願意承擔她。

因為她總是疏忽自己，以至於生病的時候，都失去了描述的語言，她只會說，「太太，我的身體怪怪的」。而這句話，這世上她只對我說。我願意為了聽見這句話而努力，努力搜索世間所有的語言，試圖翻譯，尋找解答。我為她買衣、添襪、按摩、刮痧，因為我知道，只有我會為她這麼做，甚至連她自己都不會對自己這麼好。所以我非常願意讓我的手指滑過她肩頭，雖然我不是醫生，但我知道這樣可以幫助她，卸除一點點，生命的重擔。

01
05

今天看到一則轉貼，是一位伴侶剛去世的男同志寫到對方的家人來討論遺囑的事。我非常悲傷，過程實在太令人痛苦了。恰巧下午我的保險員也打電話來問我些保險業務，於是整個下午我都在思考寫遺囑交代律師公證等等問題，但除了遺囑，更需要的可能是伴侶的家人真正的認同。

身為同志，我們時常過著雙重或多重生活，我們的生活裡必備的技能之一就是「掩飾」。即使已經出櫃如我，在許多大小場合裡，我仍習慣「掩飾自己」，因為對於大多數人而言非常輕鬆的一句問話「小姐結婚了沒」、「有男朋友嗎」，對我們來說立即面對的就是「出櫃或說謊」的問題。其實就是個陌生人，沒必要認真，我不也常在人家問到我職業時，說自己是編輯嗎？實在沒到「說謊」這種等級，但是，下午保險業務員問我「你結婚了嗎」，我卻脫口說出「還沒」。當場我心裡難過不已。我發現我沒有耐性也沒有能力對她說明，以至於接下來要面對的就是她問我要不要加保一個二十年的看護險，且聽她滔滔不絕告訴我單身的老年有多麼可怕。

至今，我還是好懊悔在那關鍵的時刻，我為什麼不能像我在同志大遊行的現場那樣肯定地說「我結婚了，對方是個女生」，然後就進一步跟她討論保險受益人改成早餐人的問題。

我沒有。

一直到現在，我仍感覺到痛苦。像我這樣有資源的人，我已經得到那麼多人的認同，我們的

合照登上雜誌封面，結婚消息上了報紙，我日日在臉書寫著人妻日記，許多人來給我按讚，留言說我的日記給予他們多麼重大的鼓勵。

但我沒有做好。

整個下午，我靜靜地思考：我怎麼了？我為何如此？我心痛如絞。

我總是對早餐人說，我的就是你的，我的所有都要與你分享，將來我死後，我會把財產一分為二，一半留給你，一半給家人。我的弟弟妹妹都認識她，我將來的出版版權都要交給她處理，我知道我的家人會與她和善地來處理這些財產。記得那時她總是說，「我什麼都不要」。她說，「就給我一瓶你的香水吧，我想要保留你的味道」。

但我不能這樣做。關於將來，我必須切實地設想，我絕對不要讓早餐人面臨那樣悲傷的處境。

但我在想，我要怎麼做呢？我連對自己的保險員都沒能 out 啊！

我誠實地面對自己的心。確實，這一路上，我幾乎沒有遭遇過反對。我沒有經歷過歧視，我只是乘著知名作家的羽翼而飛，享受了名聲，避過了風暴。

我竟然以為自己是堅強的，我以為我做得很好。

仔細想來，早餐人比我勇敢許多。因為我是在陳雪的名聲底下 out，我是在從一開始就被認同的基礎底下進一步地曝光，我面對的都是早就接受或為了表示開明而表現友善；而早餐人每天面對的，都是全新的，是以她真實人生作為代價的，出櫃。她的進程雖然緩慢，卻艱難太多了。

所以我下定決心，從今天開始，我希望自己可以練習對時常遇見的陌生人 come out。這些人根本不知道我是作家，也不知道我是陳雪。當然第一個就是保險業務員，我想要寫一封信給她，說明我的狀態，然後詢問她關於同志伴侶保險範圍的相互保障。

就從這裡開始吧！

（其實我很顫抖耶。這顫抖因為害羞，也包含了恐懼與其他我還不明白的東西。）

但我多麼慶幸我發現了自己的恐懼，那將會使我更有能力同理比我弱勢許多的其他同志朋友，使我更加理解早餐人的心情與處境。

## 01 06

最近夜裡，總會突然醒來，就再也睡不著。以前剛生病時，常有這狀況，那樣的深夜三點鐘，人生過往許多回憶襲來，會令你清醒異常。那樣的清醒，有時卻如在夢中，我簡直無法想像我經歷過那麼多事啊。一則是欣慰自己終於走到了現在，擁有一點點得來不易的平靜；再則，就是無法一言以蔽之的複雜感受了。

我轉身望她。屋裡很冷，她蜷縮著身體，我拿手去暖她，她睡得很沉。我不是一個人了，經過了這麼久，有時我還是感到震驚，這是孤獨久了的人會有的毛病。她就在這麼近的地方，伸手可及，每天早晨晚間，我都可以真實地看見她，碰觸她。有時，我卻仍有在夢中的感覺。白日裡，我一個人在屋裡穿來穿去，餵貓，掃地，洗衣，寫稿，看書，每一個房間我都走遍，屋裡靜靜的，連貓都不發出聲音，這是理想生活。下午有垃圾車經過，晚上也有，有時里長廣播，窗外傳來太過真實以至於不太真實的聲音，我會突然嚇一跳。對啊，是二〇一二年，我們正幸福地過著兩人兩貓的世界，我不是一個人了。

〇三年，我們去山上看了房子，在新店錦繡，公車總站還要再走一點路，社區裡三房的公寓。那時貓有三隻，我還沒買下那間小套房，我們剛戀愛兩個多月。

其實我沒有想清楚，我只是想要跟她在一起。當時的我什麼事也想不清楚啊。人生於我，就像從火車窗向外望的風景，只有一路翻飛經過，但我確實幻想，就是像現在這樣地與她一起生活。我記得那屋子，窗外有樹，有時鳥兒飛過。

最後我沒能搬進那屋子。

深夜裡，有時我會想起那個屋子，像被遺留在世界某個角落裡。很長很長時間裡，她每天騎著一個多小時的摩托車到市區來上班，深夜裡，也這麼原路騎回去。她說，累的時候，會停在半途買一杯豆漿。

很長很長的時間裡，她一直都在那兒等待著我吧！但我什麼也不知道，我甚至還以為她根本不想見到我。

在幸福的日子裡，想起過往的痛苦，那些陰錯陽差、命運的遇合，有時我不知道她為何還能如此真摯地愛我。以前我認為自己是個不幸的人，後來我才知道，我比大多數人幸運得多，我有機會那樣懵懂莽撞自私任性地去體驗生命，探索世間的危險、經驗的極限，而有人長久地持續地愛著這樣的我，即使那樣的我使她痛苦。

有時早晨醒來，感覺她也像夜裡的我有一種奇異的震動，她必然對於我如此簡單樸素日常地躺臥在她身邊感到快樂與惶恐。

我想說，早餐人，現在是二〇一二年了，我長大了噢，我很確定，我們已經走出迷宮，再也不會迷途了。

「是嗎？誰知道噢。」我猜她會這麼說。

但她總是相信我。

她教會我的，是一種近乎信仰的愛。

## 01 07

即使是戀人之間，最常出現的對話並不是愛你愛我之類的，反而是「你今天吃了什麼」、「今天好嗎？做些什麼呢」。這樣的境界好不好呢？

晚上回家，或者傍晚時偶爾的電話，大約都是這樣開頭。我的生活非常規律，除了行事曆上注明的演講或座談會等外出，其他時間的生活大概都是一模一樣的：幾點起床，吃什麼早餐（差別大概是厚片與薄片吐司，以及偶爾早餐人的專業早餐），吃什麼午餐（兩家輪流），晚餐則是每天一樣的自助餐。規律使我有安全感，重複使我踏實，我就是這樣過生活。

猜測早餐人的一天所吃所作是很有趣的事。我沒有一次猜中，唯一勉強要能猜中的，只有喝咖啡這件事。

傍晚時間，我會去附近的公園散步，無論搬到哪裡，最先要安頓的，就是布置一條散步路線。有公園去公園，有學校到學校，沒有的時候，我就在小巷子裡走。

這是近年來維持的習慣，無論寫長篇、寫短篇、寫不出來，失戀、談戀愛，快樂、憂傷、痛苦、煩惱、焦慮，或沒任何特別心情，一到傍晚，我就像吵著要出門的小狗，自己遛自己去。

每天往返在這條小路，時常遇見去遛狗的房東大姊（是在美國的房東的姊姊），年約五十幾的大姊比我還瘦小，出門裝備跟我相似，總會戴個帽子，穿上厚外套，吆喝著一群狗。都是中型犬以上，也有老邁的拉布拉多，瞎眼斷腿的，老狗居多。她說一共養了十六隻，光是遛狗，早晚就得五趟公園來回，加上餵食梳洗，總要忙到十一、二點才睡。每次大姊來我家收房租，總會羨慕地說：「你們整理得好漂亮，不像我家，沙發都是破的。」

沒見過大姊的先生或家人，感覺她獨居，但有大群狗兒作陪。公園裡有個涼亭，是狗媽媽的聚會所，我有時去那邊跟大姊打招呼，也看看她的狗。各家的狗風格不一，昨天見到一家四條大狗都穿上漂亮的雨衣，還有小帽子，非常可愛。涼亭這邊是熱鬧的狗經，大姊顯得比其他人疲憊，除了新進的一隻黑狗還算青壯，其他都老邁了。大姊收養的狗都是別人不要的老狗。

有時下雨天，我連撐傘去公園走路都覺得冷，她仍是一天五趟，帶著那些可沒有雨衣好穿的狗狗，像野戰的部隊。她腳步快，狗在一旁跟著，因為不熟，有時還會吠我。那些狗兒至今我也沒認全，只知道每天早晨有隻老白狗妞妞，全盲，後腳癱軟，牠不去公園，就在公寓前的空地走。大姊說，光是把牠弄下樓，等牠大小便，再搬回電梯上樓，就四十分鐘了。

無論是大姊與她的狗群，或這個小屋，時常觸動我的心。我會想起早餐人看似家常的問候：你今天吃什麼？其實這是一句最最溫暖的話了。

## 01 09

在早餐人不為人知的內心世界裡，她是如何看待自己的呢？我真的很好奇。一般人常有的自嗨或自我感覺良好，她幾乎都沒有。我從未聽過她讚美自己什麼。每當有人讚美她，她有時臉紅，有時尷尬，但她從未面露得意神色，感覺她似乎一直反省著許多事，即使是對待我，也是公平而嚴格的。無論我得意或失意，她都會鼓勵我，但只要犯了錯，她也不會因此縱容或姑息（所以有時會吵架）。我個性變化萬千，又好強，爭吵時就會動用鋪天蓋地的戰術，使用寫長篇才需要動用的龐大火力全面進攻。等吵完架了，我會認錯倒歉，但以她的認真，她已經重傷了。我可以立刻像沒事人那樣馬上膩到她旁邊撒嬌，只見她彷彿深陷五里霧中，還在奮力撥開迷霧，理清事實。大

概要到第二天下午，或者晚上，我又再度拿出撒嬌招數，她就會無奈地說：「吵架的時候你真的很可惡。你都不知道你動用的話術有多複雜多可怕。」「那原諒我嘛！我下次不會了。」我說。她說：「你講一百次了。」「忘了它，」我說。這時我把咒語也拿出來用了，她白了我一眼。「那以德報怨。」我說。我真是個無賴。

倒不是要如何讚美她，而是，跟這樣一個人相處，我獲益甚多（但她代價不小）。我們是那麼極端相反的人啊，我永遠是誇張的，喜怒無常的，精力旺盛，古靈精怪，我腦中隨時能湧出兩三種腔調，變化好幾種人格，但她就是這樣簡單一個人，好似明明白白的，卻又讓你看不透。或許去掉描述、裝飾、形容，我們就不知道如何去理解事物了，而她在做的卻就是那樣的事情。

但我在想，謝謝上天讓我認識她。我原本期待的是一個無止境包容我的情人，後來我才懂得，所謂的包容，是必須同時具備理解與承擔的。以前我所要求的那種，其實是縱容。縱容我的人必定也會尋求我的縱容，而最後對我們各自的生命都不會有具體的成長，甚至因此讓我們的愛情停滯、受傷，最後導致分離。早餐人雖然不會在言語上縱容我，她卻以自己全部的時間心力實現她相信的愛情。那樣的承擔無法一眼看見，但我只要回首探望往事，就會知道，她沒說出的話，她都用行動證明了。

每次我寫她，她都說「你把我美化了，都沒寫出我的缺點」。

親愛的早餐人，我也只是照實寫而已。

## 01
## 10

翻看雜誌幫我們拍的照片，其中一張早餐人的獨照，我誇她帥氣，她只是說「這張好像我爸爸」，從皮夾裡拿出一張小小的證件照給我看。照片裡的父親年輕俊朗，應該不到三十歲吧，眉毛眼睛與輪廓，相似度高達百分之九十八。她拿著小照片不斷比對著哀鳳裡的照片，那種欣喜之中我知道是想念。

我沒見過面的公公，在早餐人讀研究所時癌症去世了，她也因此輟學開始工作分擔家計，就不曾再回學校了。二〇〇三年戀愛之初，她第一次帶我回家，是保安宮的慶典。那時她是長髮，蒼白俊美，年輕而無瑕的臉，充滿幸福感。熱鬧的慶典裡，我們站在高處看煙火，在燦爛煙火裡接吻，彷彿全世界都在為我們慶祝。回到二樓的家中，我看見了她過世親人的照片，那時還不覺得她與父親特別相像，只感覺照片裡的男人目光炯炯，我在心中暗自對他說：伯父請放心，我會照顧她的。

我沒有兌現我的承諾。

沒有聯絡的日子裡，我記不清早餐人的臉，她的面容在我記憶中因為想念、自責、懊悔、困惑、不安以及過度回憶而磨損。她有時這樣，有時是那樣。有時我閉上眼睛，會因為看到的幻覺而趕緊睜開眼睛，因為上一分鐘她的臉是幸福地沉迷，下一刻就變成痛苦地流淚，我無法面對那樣的她，我不知如何看待自己。而無論我多麼想見到她，我從不曾夢見她，我從不知道人可以活在這樣的懲罰裡，連夢都不被應允，找不到任何解脫的辦法。事實上是她從不曾責怪我，她只是靜靜地哭泣，而到最後，她也不哭了，她似乎已經抽離了這個現實的世界，卻始終溫柔而憂傷地微笑著，用最後一點點力氣，維持著與我微弱的聯繫，然後連那樣的聯繫最後也斷了。

那些日子裡，我夢見過她的父親。與那個我去過的房子。

夢裡是無聲的畫面，也沒有我自己，只是像攝影機的鏡頭慢慢移動，靜靜地掃過那個黯暗的屋子，一張一張遺照掛在牆上：爺爺、奶奶、父親。夢很短，我很快就醒了，她的父親在夢裡看著我，眼神裡沒有責備。

重逢之後，父親時常來入我們的夢，許多危難的時刻給她或給我啟示。這對於我是很奇妙的事。時常從早餐人的片段描述裡拼湊著對他的想像，我想，他一定也疼愛著我，一直在幫助我。他知道當年的我在他面前許下承諾，我的心是真摯的。

至今，我仍時常犯錯，我常使早餐人流淚，也曾使她心碎，不管因為自私、幼稚、自我中心，或者我生命裡還無法克服的問題。然而我一直努力在學習，我會用一輩子的時間來實現，我知道在天上的公公看得分明，他理解我的脆弱、我的缺陷，以及我不懈的努力。

## 0112

## 做愛的好日子

呵呵。在臉書友一片加油聲浪中，人妻終於靠著黑色絲質睡袍、Bill Evans的*Waltz for Debby*（音樂）、The Beat（香水）達陣了。不止吃了泡麵，是兩千元以上的套餐。

對啦，事前有穿上灰色貼身衛生褲。但早董說，灰色比白色好多了。而且很快就脫掉了（羞）。以前時光，哪需要這麼多道具啊，通常只要有一塊地面就可以了。

但畢竟，我們也中年了；畢竟，生活裡瑣碎的事物那麼多；畢竟啊，我的體重也從42肥到了4x，褲子從S號變成L號……我們之間除了睡衣，還隔著DEXTER、料理達人、iPhone與facebook，達陣的路上困難重重，誘惑甚多啊……

可是，畢竟我們那麼相愛，尺寸變大也沒有改變我們的戀情，頂多從每天一次改成每月一次吧！呵呵呵（苦笑），但我們還有性生活，在這個荒涼的時代，真是令人雀躍。

矇矓中，所有道具音樂外界事物幾乎都不存在了，賸下的，只有需要馬賽克的動作。我總沒忘記把棉被往上拉，或把小毯子往身上蓋，昨晚是個溫暖的夜晚，是做愛好日子。

（以下刪除。）

（祝福所有戀人排除一切障礙，達陣。）

## 0120

# 床上合還是床下合？

朋友來信問到「生活上很合」與「床上很合」之間如何選擇？這年頭啊，還有一種合的就偷笑啦！把床上很合的對象磨合到生活也合了，最後不是床上合不合，而是不知怎地在床上也很生活化啦。在床上聊天，玩哀鳳，看書，按摩，只差沒喝下午茶。什麼都做了，就是沒做愛。

唉，人生啊。

但倒過來試試看。

把生活上很合的對象調整到「床上很合」，感覺上就需要有「女師親自指導」。光是要調到上了床不要只想睡覺就很困難，於是又搬出哀鳳，播放音樂，打起電動，又吃東西，喝水，按摩，幸運的話還能小動物般蜷縮在一起睡覺，不幸的話，一個人很嗨另一個很睏，不合。

可是，身邊還有個人啊，怎能說不幸。

怎麼說，人生少了一種合，總有那麼些缺憾。這些深奧的問題，至今我也還在思考。

年輕時，戀愛對我來說只有「撲倒」二字，且不管對方是否愛我，凡是想撲倒的對象，一律撲倒，沒被當作色情狂抓進警局算我好運。那時到底都在想些什麼呢？沒想，都是直覺，體內湧動的幾乎都是荷爾蒙吧。我以為「看到這個人就很想跟她（他）親熱」就是愛。嚴格說來這也是一種愛沒錯。一旦進入交往過程，我就茫然無措，除了一起吃飯，也不知還能做些什麼。年輕時自覺別人不可能瞭解我，我也無能理解對方，所謂的撲倒與接下來的纏綿種種，似乎是為了彌補或填補那無能相互理解的空白狀態裡，某種直接的傳達。在那些耳鬢廝磨、肉體交纏的過程裡，我們貼近了對方，感受到一種無比親近的什麼。除了性快感以外，那著實令人感動，你彷彿可以與之親近了，你不再孤單。但人啊也不可能永遠待在床上。下了床，回到生活裡，戀人們之間所有問題都浮現了。

剛遇到早餐人的時候，我也只想把她撲倒。

第一次戀愛，我們把時間都花在撲倒上，沒空隙體會其他部分合不合；再次相遇時，我們也還是拚命撲倒對方，但確實有認真要理解對方更多部分了。我們都很驚訝：你可以完全不知道一個人喜歡吃什麼水果卻深深地愛著她；我們花費多少年來思念一個人，卻不知道她沒有牙線會抓狂。

我們都經歷過許多戀愛，親眼體會過愛情的起落，見證過性關係的衰退與死亡，我們知道那些問題可能也會出現在我們身上。我們小心翼翼，努力避免，卻也難免有種危機四伏之感。

那晚達陣之後，我一直樂陶陶的，傻瓜似的嘀咕著「幸好我們的性還是很合」。只有過來人能體會此話的心酸啊。往好處想，表示我們生活上越來越合拍了，可那惶惶的威脅始終存在。「我不要變家人」、「我不要變姊妹」，畫外音揮之不去，但其實我們是一對傻兮兮的小夫妻啊，生活裡的各種柴米油鹽、水電瓦斯、頭痛肚子痛，到了夜裡，真也就是累得只能搓搓腳，捏捏手，表示一下溫暖。

但無論如何，我們沒有懷疑過的，是這共同生活帶給我們的，一種逐漸積累的力量，那些事物彷彿生了根似的，就種在我們這個家裡面。

我曾經以為愛情必須激烈如閃電，如心痛，如一種令人暈眩、只想尖叫、無可自拔的神祕事物。我曾以為愛必須要無可救藥地愛，非如此不可地愛，愛就是要強烈到令人顫抖、痛苦、狂笑。現在的我，正在體會一種平靜的傻笑。

我不確知我們哪裡合哪裡不合，但我們盡可能地朝向讓彼此都感到自在的方向走，盡可能不預設立場，不先給答案，且盡可能地認真。偶爾，也有大浪拍來，激動起屋裡的氣氛。偶爾，我們會各自在不同時刻還隱約感受到那種類似於痛苦的愛的深刻，但更多時候，我們讓生活指引我們，而生活裡有答案。

於是乎靜夜裡，無論是激情的夜晚，還是平靜的夜晚，我們都知道，在共同生活的路上，我們又攜手度過了一天。一天、一天細細地度過，扎實的一天，相對於漫長的一生，是非常美麗的單位。

## 01 23

### 大年初一

昨晚去早餐人家吃年夜飯。長得秀氣的婆婆做起菜來卻很大氣，她總是笑說「菜太小盤不會煮啦」，所以儘管只有我們五個人吃飯，卻有十四道菜。

這是第三年我與大家一起吃飯了。第一年，只說是「我朋友自己一個人在台北過年」；第二年大家就熟識了些；第三年，早餐人先進廚房跟媽媽問好，媽媽問說「你朋友呢」。雖然以朋友相稱，但她掛記著我，使我感動。

為什麼沒回我家吃年夜飯？因為我們家在台中，而且一向爸媽連除夕夜都要賣衣服，我們家幾乎從不吃年夜飯，家人就特別不重視過年。這十年北上，我最怕過年，外面小吃店打烊，市場休息，覓食不易。有幾年我還到前女友家吃飯，有幾年是自己一個人過年，超市買點東西鍋裡煮煮，新年假期都在寫小說……像是要逃避外面的年節氣氛似的，即使一向不過節的我也感覺自己像個流浪人。

我想家人，但我不回家，百轉千迴的情緒難以言說，我只是埋頭寫作。

昨晚我跟弟妹約好要帶早餐人回鄉下過年，就是明天了。爸媽都見過她幾次，也是「你朋友」的稱呼，但我知道他們看在眼裡。妹妹說，爸爸特別買了羊肉，要燉羊肉爐給我們吃。超過十年以上的時間我不曾在過年與全家人團聚了，很奇怪的近鄉情怯。

無論是十四道菜的團圓夜，或是一鍋羊肉爐的初二回娘家，我們兩邊的家庭都是家道中落，經歷過許多曲折滄桑，至今仍在低空盤旋，身為長女的我們各自都承擔了旁人難以想像的重擔。昨天夜裡睡前，早餐人說「我有包紅包給你，在枕頭底下」，我也趕緊去包紅包給她，壓在枕頭下。後來我們一起把紅包拿出來打開，發現彼此不約而同都給了對方六千元（呵呵那是我僅有的現金啊）。

買禮盒附贈的紅包袋隨機選擇，印著這樣的字：「如高山一般」，是我給早餐人的；她給我的印著「如大海一般」。山高海深是我們的愛，是我們不言自明對彼此的心。

## 01 25

從台中回台北的客運上，我裹著棉被，早餐人在左後方的座位。安靜的車廂裡，有便當的氣味，座椅很大，電視很近，播放著韓國電影。

許久沒有搭客運車了，很長時間我總是搭著高鐵來去，目的地都是演講的大學或書店。客運車是搖晃出往事的移動方式。兩天一夜的旅途，是回家，奇怪啊，卻那麼像是去了遠方。

我斷續想起許多事，有些夢境，有片段的記憶，有許多被刻劃過的場景，幾乎沒有一次回家是這樣興奮的心情，以至於過分疲勞了。

昨晚我們家五口與早餐人一起去吃飯。從村子小路遊行似的列隊走，走著附近舊鐵道改建的單車道，路過小時候上學的路，我總低聲對她說著故事。太多屋子都改建，以前總讓我害怕的竹林路拓寬了，住著肖仔阿婆的破屋簡直像是童話故事裡的場景，我幾乎忘了那是真實世界裡的所有。我們一家人走著，是連童年都不曾有過的景象。五個人總是湊不齊，我們總是匆忙地趕著奔赴什麼地方，從沒有這樣漫無目的地只是在路上走著。我們步行，休耕的田裡開滿了油菜花。這次回家，媽媽身體不適，一直很少說話，據說是因為我們回去了，才特別打起精神來。

我們走在鄉間道路，是記憶裡的童年裡，再一次地改寫。

早餐人是我與家人的黏著劑。

因為妹妹的汽車載不下六個人，我們就在街上的小館子吃飯，這樣的情景也是記憶中少有，成年後不曾發生。我與弟弟總有一人不在場，多年來，都是妹妹在張羅照顧著家人。

吃了很多菜，還點了酸菜白肉鍋，大家唏哩呼嚕地扒飯挾菜，臉都吃得紅紅的。吃完飯天已經黑了，又列隊走回家去。深夜的小路，已經都裝有路燈了，我們家是在這樣僻靜的鄉間啊，入夜後，只偶爾聽見幾聲低低的狗吠，路上幾乎都沒車了。

夜裡我們睡在妹妹租賃的小房間，三人擠一張床，後來的我們又成了無話不談的姊妹。早餐人與妹妹投緣，兩人會在一旁又笑又罵我的壞脾氣、任性、孩子氣與各種古怪事蹟。小小的房間，妹妹布置得極為精巧，我想，妹妹遺傳了父親做木工的手藝與耐心。早餐人很讚歎這樣的整齊，一直開玩笑說「娶錯人了」。

白日下午，我們又回家了，桌上已經有兩鍋熱騰的羊肉爐，我們六個人又開始熱切地吃飯，彷彿要將往事裡的悲傷全部吞吃那樣地把人生吃回來，吃回一個終於長大成人的版本。那些熱鍋熱飯、湯汁淋漓，溫暖著我們的心。桌上有幾個白玉的鑲K金盤子，有三十年歷史了吧，一整套高級杯盤只剩下一只杯子，只有過年時，母親會將之拿出，擺上瓜果。似乎是我們家夢境般曾經暴起暴落故事的紀念，彷彿可以擺放一百年的盤子，永遠也不要再摔破了。

下午時光，父親打開他的音響，我們幾個孩子唱歌，沉默的父親看得出好心情地說了好多話。靦腆的早餐人被我們連哄帶騙，才唱了兩首歌，每次母親都回頭微笑靜看她唱歌，那微笑的神情好溫柔。母親是我見過最易於理解人的，千言萬語都化在她的微笑裡，她知道我們相愛，知道把我交付給她是放心的。母親像是用微笑把早餐人包裹進了這家的懷裡。

傍晚時，我們要離開了，就像是從來也沒有過那樣，我擁抱了母親，說要回去了。妹妹說她也要抱抱，也抱了媽媽。早餐人也抱了媽媽，媽媽柔聲對她說，「要常回來，跟雅玲一起回來」，彷彿是說「要常把她帶回來啊」！

媽媽一直跟我們下樓，外面風大，我們叫她別送了，母親小小的臉消失在老舊的木門後面。搖晃在回台北的客運車裡，我睡了又醒，醒了又睡，有時回頭，看著也縮在椅子上的早餐人，心中感謝無法言喻。在接近自己的過程裡，我幾度翻修記憶，我的記憶已變成霍爾的移動城堡，成為駱以軍的西夏旅館，成為一種世間幾乎不存在卻又明明白白有無數分身的存在，是那些遺落在真實與虛構、想像與創造，在那些不斷反覆的旅途裡，逃離與奔赴家的過程，多維度的空間，複眼的凝視，被書寫、塗銷、撫摸、拼湊、拼貼，被夢過、愛過，被遺忘，又重新被記得。

早餐人總是笑我孩子氣，但她一定知道，這幾天，實現了我連童年時都沒有享受過的，一種純然的幸福，因為家人啊、愛人啊，都真實地在我身邊，那應該是非常簡單的路，我走了二十多年才到達。

## 01
## 27

昨天中午早餐人就有點悶悶了。年假不過五天，扣掉四天跟雙方家人相處，只有初四能兩人好好待在家。中午她煮了蘿蔔糕湯當午餐，非常古早味又有過年感，我開始準備工作（有預感會非常忙碌的二月快到了），悠閒不過兩小時，我們就出門了。

我們攜手穿過四號公園，散步回家，回到家已經十二點。雨停了，假期也快結束了，我們談著各種事，好久沒有這樣暢快地談話，天南地北，討論著人生種種，過去現在未來。或許是因為剛才與朋友的談話提及了性與關係，我們也藉著機會檢視彼此的狀態。

夜裡，我們把被窩弄得像炕一樣，因為我老是捲被子，半夜裡她總是冷醒，很可憐說「太太我都沒有棉被蓋」。據說我連睡覺時也很霸道，得用搶的才能拉回一點點。也試過蓋兩條棉被，結果是整張床上都是棉被，感覺距離好遙遠啊！後來我們把古老花色的厚毛毯（非常喜氣的紅花）蓋在雙人被上，因為實在太溫暖了，別說白色衛生褲，裸體也沒關係似的。感謝溫暖的被窩使我們親近，我們繼續討論開工的話題，一則是討論她的工作，二則，當然就是大家最關心的拉子的性。

假期才剛開始就要結束了，好不容易才從生活的種種艱難磨損裡透一口氣，即使天天見面，也有種「哇，真的好久沒有認真看看對方了，沒有仔細地撫摸親近對方的身體，完全不倉促，沒有任何事物在後頭追趕的，純粹的」兩人時光。我們談起過去，層層疊疊的過去。對啊，我們曾經會花一下午的時間在床上，靠近彼此的時候，想要探觸對方的欲望強烈得使心臟發痛，那時一切都好夢幻啊。在高樓的套房裡，音響總是放著我們喜歡的音樂，外面的世界都靜止了，我們這樣那樣地確認著，無所不用其極地親近，直到因為肚子太餓沒辦法一定要出去覓食了，才走出那棟大樓。然後就是靜靜的傍晚，去小店吃晚餐，在住處附近的巷弄裡散步，然後又回到屋子裡。我們會熱切地、仔細地，討論各種事物，直到夜深。那時，我們格外地珍惜相處的每一分鐘，那氣氛既是唯恐來不及的急切，又有種近乎永恆的緩慢。

溫暖的被窩召喚著那些彷彿被呵護著的午後約會，那些靜美的戀愛時光。如今我們還是那麼愛惜對方的身體啊，時間慢慢進入深夜，我們清醒而迷糊地談話，我一直陪著她，彷彿要把所賸下的這一天假期切割成無數的片段，騙過時間，讓明天延後到來。但是再不睡覺不行囉！

睡夢中，我既是家常的人妻，又彷彿回到小套房裡那個眼神炙熱的戀人，我不知道哪樣比較好：夢幻激情與令人心臟發痛的快樂，或者，彼此相互承擔著、支持著、扎實而深切地關聯著。我覺得過去很美，而現在很真。我們一直都非常用心，無論怎樣都好，只要生命裡有她，任何形狀都美麗。

「太太，你又搶我棉被了。」早晨醒來，她對我這麼說。

早安，今天也要加油喔！

# 01
# 28

放假日，沒有達陣的星期日啊！但還是很嗨。可能過嗨了。

昨晚我先睡，據說早餐人到三點多才睡覺呢。婚姻生活裡若要擁有聽不到蛙鳴、屬於自我的靜靜時光，大概只能熬夜了，真心疼。夢裡我一直不斷地把棉被塞向她那邊，很留意她有沒有著涼，但夢境裡的體貼完全傳達不到現實裡，早上醒來我還是搶棉被了，啊嗚。打呼可以治療，夢遊可以治療，搶棉被有藥醫嗎？我跟她說「應該把你那邊的棉被縫在床上，那我就搶不走了」；她冷靜地說「應該把你整個人都縫起來」。

因為最近太忙碌，雞蛋跟麵包都沒有了，我就很乖地下樓去買摩斯漢堡，一口氣買了早餐跟午餐。但人妻有多迷糊呢？前天去朋友家玩，回家後一直找不到背包，就嚷著說「是不是掉在計程車上了」？早餐人哭笑不得地說：「我們是走路回家的。」照這種記性，從摩斯帶回了不是我們點的食物也不稀奇，只好又再跑一趟。

結婚大概就是這樣吧，即使發現自己的太太其實是個傻妹，也不可以退貨。對於一見鍾情這回事，就是有這種風險，在二〇〇九年以前，早餐人完全不知道我除了很瘋狂以外，還很神經，而且後來都穿阿婆褲子。

可是想當年，想當年我們……（好漢不提當年勇。）

夜裡我們與朋友道別，散步回家，覺得還走不夠，又繞去超市。我好喜歡這樣挽著她的手走路啊，雖然她應該有種正遛著一隻很嗨很皮的狗、一出門就亂衝亂跑難以控制的無奈感，但她還是安靜地陪我散步了。暗暗的小巷裡，有阿婆堆放紙箱的角落，有許多摩托車，只是非常尋常的中永和小巷弄——應該以凌亂來形容。我真希望再來回走個十趟啊，雖然家很溫暖，但在一起走在回家的路上，真是難以言喻的快樂時光。

此時，我們一人在臥室一人在客廳，除了隱約的聲響，彷彿是自己一個人獨處著，屋裡散放一種沉靜氣氛（因為我累了）。我很想偷偷跑去看她在做什麼，但我知道一定是搶著上班前的時刻，讀著喜愛的文章吧。即使這麼熟了，我還是很敬愛她，想從她的心裡讀出詩句。

我幾乎可以感覺到一種真實的寧靜，即使我是這麼瘋癲的人，我喧鬧的腦子也能安靜下來，我生活裡所有影片般快轉的幻影，我一直穿梭不停在小說與真實世界，漫長而疲憊的征戰，幾乎無休止的自我訓練裡，「真的有人陪伴著我」、「她能理解」。有時這兩句話會像字幕一樣打在我眼前。這感覺就像有人從你心深處非常柔和地，很輕很輕地碰觸了，某個開關吧，像是催眠似的對你說，「你的一切我都非常喜歡」。

你可以很放心。

你可以稍微休息了。

# 02 03

## 笑場？纏綿激情的性愛已離我們遠去？——早餐人語

昨天各自忙碌，我還比早餐人晚到家呢。

我們一直聊著各種事，好不容易才雙雙進了臥室，布置好棉被。她直喊冷，又幫她找了毛襪，還是冷。「最近身體很虛喔。」我笑說。

通常是這樣的：一整天辛苦的工作結束，我就不讓她再忙什麼了，有時喝點茶，有時看電視，更多時候是聽各自抱怨或訴說一整天的遭遇。最近夜晚睡前都是各自帶著書上床，通常我會先關燈，她留一盞小燈在床邊，那是她的神祕時光。雖然距離很近，我盡量使她保有一種「私密感」，只是有時，難免我就會去鬧她。

昨晚就是這樣的夜晚，我躡手躡腳靠近她。「你要幹嘛？」她露出驚恐的表情，我繼續爬山一樣爬上她身體。「嘿嘿。」我說。「幹嘛？」她一臉守身如玉的表情。「我來履行人妻的義務啊！」我靠近她的臉。

她冷不防把手伸進我的背，冰掌！冷得我大叫。「你為什麼一直笑？」她還問我。「氣氛冷掉了。」我說。「纏綿激情的性愛已離我們遠去嗎？」她說，用的是一種很怪的語調。我很忍耐，但還是笑場了。她接著又說了許多冷笑話，簡直像是背好了段子似的，表情嚴肅，但語調冷怪，我笑不可抑……

「我們已經從一對恩愛的戀人變成搞笑二人組了。」她說。
「這樣好嗎？」我問。
「不知道。」她回答。
「會不會影響性生活？」我問。
「應該還是會吧。」她說。
見她嚴肅的樣子，我忍不住又笑了起來，慢慢跌回了自己的位置。
「但我還是很愛你。」我說。
「晚安。」她說。
經過漫長而孤寂的旅途，又經過了慢慢靠近的兩人關係，走到了這裡，是該有些搞笑的日子吧，接下來的考驗還很多，得先把力氣養足才是。
嘿嘿，我又笑著，她微笑轉頭看我。她不知道，我已經多久沒看見她這麼輕快的笑容了。

## 02
## 03

昨天我們終於一起看了電影，雖然是到老師家而不是去電影院，但一直以來老師與同學都很關心早餐人，去老師家看電影也是我們很想做的事。電影非常好看，但我卻窩在她旁邊打了瞌睡。或許是在老師家覺得安心，或許是我真的累了。

想做的事那麼多，但最近卻是那麼忙碌啊。晴暖的夜晚，從老師家離開趕到公館，早餐人陪我到小公園附近的咖啡店接受訪問。我有點害羞，在她面前講自己的小說總覺得忐忑。有時我會因為磨豆機的聲音而分心，有時我會想起她曾說過許多年前自己也在這家咖啡店打工。過去時光已經過去，那命運交織的奇妙際遇，那不可說的命運啊。霎時我好像存在於好幾個並存的時空裡，我感受到身邊的早餐人也是如此。

走出咖啡館，她問我還想去哪兒呢？我想跟她一起去好多地方啊，想沿著那些招牌林立的街道，沿著擁擠人潮，沿著我們曾以不同心情走過踏過的這一整個地區，再走到更遠的地方。想在如此溫暖的夜晚，在那些綿密的訴說之後，兩個人靜靜地走到什麼地方去，天空地闊，做一切想做的事。

最後我們在路邊吃了一盤臭豆腐，還是搭車回家了。

屋子裡一團亂，完全是我生活的寫照啊，我趕忙著收信回信，過了好一會，她喊著「太太，你忙完了嗎」，我才趕緊跑到沙發去窩在她旁邊，看一會電視。

不好意思啊，這陣子辛苦了。我知道她總是支持體諒著我，我像貓那樣賴著她，咪嗚了一會，想提起精神來讓自己性感一點。

呵呵，因為太累了，臉上的妝也花了，真是沒辦法。

綿長夢裡，我們終於去旅行了，好像只有十八歲，還是自助旅行背包客那樣的。夢境裡快速地，我們越過了許多國家，在長途巴士上，用小毯子蓋著，在裡面互相摸索著。

窗外越過的風景都很熟悉，那些巨大的白雲、古老的建築、荒僻的小鎮，那些我曾經一個人孤寂而莫名地經過的路途。

夢裡，她一直陪伴著我。

我們瞌睡，醒來，斷斷續續，時空跳接，然後變成中年了，巴士突然變成安靜的飛機機艙。那種安靜與乾燥的感覺，飛機餐的氣味我好熟悉。

然後我醒來。

是在自己家裡了。

我轉頭看著她，蜷著身體背對我，棉被又被我拉走了。我把被子與毯子都拉回她身上，抱著她，不知為何，非常非常想哭。

永遠地。永遠地。永遠地。

如果這時你醒來我們就會永遠在一起，我很幼稚地這麼想著，她突然就睜開了眼睛。

## 02 07

# 記得我愛你

我最怕這種凌晨或深夜的大雨，自小如此。時常就這樣與之相對，或躲進棉被裡，直到疲倦得睡著。雨使我警醒，雨像往事，像是積欠別人的眼淚。像不可追回的、無可避免的錯失。

或者雨只是雨，只是滴答提醒你，生命流逝，與其無常。

昨晚睡前我看到一則新聞標題，有個國寶活了一百二十七歲，大家給他慶生，我只看到這裡就關電腦了。我問早餐人「如果我活到一百二十七歲，那你就是一百二十二歲」，她就說「我不要活那麼老，那時一定什麼都不記得了」。我說不會啦，她說「你現在就什麼都不記得了」。

我們開始說起活到一百多歲的困擾，最主要的還是怕失憶。她信誓旦旦說我會越活越像小孩，把過去的事都忘了，最後也認不出她是誰。

「你把我忘了怎麼辦？」她問。

不會忘記啊，誰都可能忘，就是不會忘記你。

「如果你回到二十歲的記憶，那裡面就沒有我了。」她說。

那就回到三十四歲啊，剛認識你那年，最美的時刻。

「你一定會忘記我啦！」

她嘟嘟囔囔好像我已經正在遺忘她。我捧住她的臉，仔細又仔細地看。這樣的臉，怎麼可能忘記呢？倘若我忘了，那麼，就給我訴說一個毫無傷害的版本吧，親愛的，那時我已經年老了，我再不要聽那些傷心的故事，就讓我以為我們生來如此，就是伴侶，其他風風雨雨、曲折輾轉，都略過不提。我想，我會相信的，我們會是一對又傻又恩愛的夫妻，我會縮小得像易家蘭那樣可愛的婆婆。時間在吹刮，把所有一切歷史吹散，灰飛湮滅，我希望我們還能握著彼此乾枯的手，在廢墟裡躲著，度過最後一場暴雨。

好了，該睡了，這麼胡言亂語下去也不是辦法。

晚安或早安。

# 02 08

## 記得我愛你——之二

失眠夜裡寫的文章真是不周全，我落掉一大段了。

睡前的討論最重要的一段是關於餵貓與早餐人。

前面當然是關於我記性很差的故事，以及將來她很擔心我會把什麼都忘了的討論。我雖然記性差，但對早餐人可是每天念念不忘。我說：「見面之前我就常常想著你啊。」她又問：「所以見面以後就不用想了？」我很老實地說：「還是每天想啊！」她則是很像腦筋急轉彎地突然問我：「想什麼？」

……這，我總不能回答，想念你做的早餐吧！

我就回答：「每天晚上九點鐘餵貓時，就會很高興，因為餵完貓，過一會你就回來了。」

早餐人立刻很促狹地說：「那會不會為了要讓我早點回來，就提早去餵貓？」

我傻了一會，回答：「才不會呢，貓要定時定量吃飯啊。」

她又追問：「那等你老了，記性很差，我只是出去一下，你就以為我去上班，然後就去餵貓希望餵過貓我就回家了。過一會，我在廚房，你沒看見我，又跑去餵貓，貓咪都吃得很開心，也不想提醒你，你就一直跑來跑去，然後貓就吃得很肥很肥……」

哼哼，不是個老實的人嗎？為什麼問這麼多奇怪的問題？然後一整晚就在那兒開我跟貓的玩笑。

就像日常裡各種大小事物那樣，我的生活簡單規律，連帶貓也跟我過規律生活。確實因為這樣，我時常在生活與寫作、外出與工作的空隙裡，很生活性地想念她。我確實會在晚上九點鐘，聽見貓咪嗚咪嗚喊餓了，感到一種奇異的快樂。我沒有特別想起什麼，只是如常走進貓房，打開罐子，倒貓糧，把饅頭關進籠子，讓三花在外頭，等待十五分鐘，再把籠子打開，各自歸位。我做著重複的動作，牠們吃飯時，我有時會低語「你們要乖啊，不要爭吵，再過一會，爸爸就回來了喔」。說出這些句子時，我感覺自己臉紅了，便用手背把臉頰弄涼，假裝若無其事地，走出貓房。

大約一個小時左右的時間裡，她隨時都可能回來。有時她會打電話回家，可能是在等紅綠燈，可能是剛打卡，可能要說「今天得晚一點」，有時則是很欣喜地說「我要回家了」。有時她會問我要不要吃東西，有時，我感覺她也沒什麼話特別要說，或許只是很開心下班了，想聽聽我的聲音。

其實我們每天都見面啊！每天都如常地發生這些小而規律的瑣事。不知為何，有時電話響起，我接起手機，總想起多年後第一次通電話，她的聲音像是從古老的夢裡醒過來，恍惚而真切，那感覺難以形容，一種像是可以把所有畫面全都喚醒的聲音，一定是固態而非液態，它重重地、一字一字地敲擊著世界，把時空都撼動了。那是我非常想念卻幾乎已經遺忘的聲音，輕輕淡淡地，她說：「你怎麼了？」

你怎麼了？

不是後來的「太太，要吃東西嗎」、「太太，我下班了」。

我不記得我回答了什麼，我只記得我腦中彷彿有錄音機那般摁下按鍵，想著，我要永遠地保留這一刻，我聽見的她的聲音。

# 02 09

## 繳械？

昨晚好友Mo來家裡玩，幫我把雜亂的貓房整理好了。早餐人聽說Mo來了，電話裡直嚷著「救星」！她們倆是好友，是那種一起幫我整理過雜亂的屋子，床架從這間搬到那間，書架拆了又裝裝了又拆的「患難兄弟」。Mo在整理貓房時，我在房外的小板凳上跟她聊天（一旦我插手，事情會變得更嚴重），三花很興奮地鑽來鑽去，饅頭則一動不動地假裝自己不在場。

哇，貓房整齊得彷彿可以出租了啊！變得好寬敞，兩個貓窩也高度一致，應該比較不會爭執了。

早餐人下班後，三人聊了一會，Mo先回家，早餐人一副神清氣爽準備「再接再厲」的模樣，對我說「把你那些鞋盒裡無法分類的東西都拿出來吧」！她決定幫我整理非常混亂的化妝台，以及底下六個混雜了化妝品保養品藥物髮飾小玩具文具工具……的百寶箱。

嗚，我繳械了。

本來我還偷偷藏了兩箱，覺得太見不得人了，但她彷彿覺得數量不可能只有這麼少，又問我：「再去拿出來。」

分類真是難事啊！連最擅長分類的早餐人都舉手投降。我又坐在小板凳上，等著她問我：「這是什麼？」「乳液。」「這又是什麼？」「晚霜。」「這個呢？」「刮痧膏。」「那這？」「刀傷藥。」「這是？」「把帽子夾在外套上的鍊子……」

看她分類真是有趣，比如她會把藥物分成「外傷用」、「包紮用」、「內服」、「外用」，我就覺得很厲害，問她「那口內膏算是內服還是外用」。她說要吞下去的才算內服，呵呵，那我也可以不要把止痛藥吞下去啊！而且我媽媽抽菸都抹綠油精。她見我嘻皮笑臉，好氣又好笑。

生病那段時間，我很神經質，一有什麼問題，就往藥房跑，加上性格強迫，什麼都得準備齊全，比如OK繃，從最小到最大各種尺寸都得備齊。有段時間常見她手上有小刀傷小燙傷，擔心她每天洗碗盤碰水傷口感染，於是又買了防水膠布，也是各種尺寸都有，我家的醫藥箱簡直可以當最小家西藥房了……

經過了兩小時奮鬥，早餐人終於把那些箱子都分類好，逐一安放在充作梳妝台的白色書櫃層架裡，檯面上各類化妝用品齊備，房間裡則有我睡前要用的保溫瓶、藥罐、乳液，對我來說簡直像變魔術一樣，許多以為已經不見的東西統統出現了。

睡前，她很開心地在小鏡子前搽乳液，不像以往總是隨便塗兩下，還呆了好一陣子，動作也輕緩許多。她滿足地嘆氣說：「這麼整齊就能找到所有東西了，真是讓人願意好好搽乳液的地方啊！」我這才知道以往她面對我們那凌亂的檯面有多痛苦。

雖然要保持下去可能很難，但我還是希望自己可以理解她的分類，並且用完就歸位，因為我真是喜歡她的笑容啊！

Mo說星期五來幫我整理衣櫃。呼呼，真正的祕密，我的箱中之箱，亂中之亂，要解密了。

夜裡，我都可以感覺到早餐人幸福的笑容。唉，我想，她真是娶錯太太了。但是她對我好溫柔，沒有罵我亂，只是自己很傻氣地，沉醉在她自己整理出來的整潔空間裡。

# 02
# 10

## 夫妻時間

昨晚補看上週末漏掉的《DEXTER》第六季，想不到是最後一集啦！真慶幸我們即時從澳洲美食達人比賽轉台回來。我常笑說早餐人很像DEXTER，很神祕，說不定她也擁有自己的「不為人知的另一人生」。呵呵，我當然是想太多了。看完電視我們懶洋洋躺在沙發上說話，一直想要掙扎著起來洗澡準備睡覺，我突然說「不要動嘛！這樣躺著很舒服」。她笑著說，在床上躺著也很舒服，也可以聊天。我說，不一樣啦！想當年我們約會的時候都在沙發上躺一下午（想當年真是個尷尬的話題）。「現在是夫妻時間」，我像宣布什麼似的說，她突然笑了出來。「哪有人東規畫一個夫妻時間，西規畫一個，行事曆上滿滿都是你的夫妻時間……」咦？我有嗎？

但是話說夫妻時間還是很重要。可能因為我有強迫行為，個性又喜歡規律，比如寫小說時間、洗衣服時間、陪貓時間、運動時間，早餐時間現在幾乎都已經縮短成十五分鐘啦。早餐人去上班時，我的行程就已經是滿檔了，她下班後的短短幾小時，我又規畫了兩個「夫妻時間」，以免光顧著講話忘了「那個」。

真是怪癖。

一向隨興的早餐人大概覺得很苦惱吧。以前分住兩邊時，我總是要清楚規定星期二到五我住中和，星期六到星期一住合江街，她就常納悶問我，為何不能自然而然？哎呀可是自然而然的話，寫作計畫就很難配合了。要帶多少行李呢？冰箱的食物要不要處理掉呢？非常苦惱。

現在住在一起了，最好的部分就是不用什麼東西都準備兩份，也無須提著行李跑來跑去，每天都睡在同一張床上，不會產生錯亂。

我腦中仔細盤旋的，除了一小塊一小塊區隔出來的時間，還有一整個全景啊。我時常能看見我們是如何從最初走到現在、每一個步驟的困難；那些原本覺得無法克服的問題，我們是用了什麼方法，得到了誰的幫助；那些原本對年輕而貧窮的戀人來說不可能實現的事物、經濟、時空、現實的考驗；所有人事時地物真正的間不容髮，刻不容緩的問題，每一件事我們花費了多少心力與時間去面對去處理。我時常惦記著那些事，惦記著早餐人的堅定與過程裡的執著。這真不容易。知道未來也還有很多考驗，就會記取過去的教訓或經驗的力量。

我把頭靠在她身上，覺得好想睡覺啊。「我睏了。」我說。

「那你去房間。」她說。

「你先起來。」我說。

「你靠著我，我怎麼起來？」她回答。

「那我不起來了。」我說。

「夫妻時間之後當然就是個人時間啦！」我說。「在那之前，我還要靠一會。」

「你很傻耶！等會你一定會突然跳起來說：哎喲一點鐘了，太晚睡了，我會失眠，身體會不好。」

她揉揉我的頭髮。

「快一點鐘了嗎？」我問。
「對啊！」她說。
「那等一下我就起來。」我說。
地老天荒，就讓我們這樣有一搭沒一搭地，說著瑣碎的話，感受時間無情又溫暖的流逝，依靠著彼此，像生命裡僅有的一天，也是最平凡的一天。

## 02 17

夜裡有夢，夢中，我在路邊等著誰。來了一輛車、一個人，我上車，與她前往某處。像是生活裡尋常的一天，但我卻覺得納悶：這人很熟悉，她對我說話動作的方式，像是我的情人。我知道她是，但我心中有奇異的陌生，是那種跑錯舞台的演員不得已進入劇中的感覺。但夢繼續，我還在車裡，我們談話，彷彿已經寫就的台詞順暢說出口。車子停在一屋前，我們下了車，進屋，我突然驚覺那不是我應該去的地方，這不是我的人生，她不是我的愛人。
但夢境繼續，夢裡的我無法因為這樣的醒悟而更改劇情，我努力剝離角色，卻依然任由被什麼力量安排的方式運轉。我依然說話，談笑，我想起了早餐人，畫面裂開了。

然後是半黑暗的房間，我看見床邊躺著一人，背對著我。天啊，我心裡嚎叫不已，不該如此，我想著之前發生了什麼啊我不知道，竟就這樣轉進了同床的畫面，我心裡悲傷地想到我何故來到別人的床畔，我將因此失去我最愛的人。

我久久無法動彈，恐懼那人回過頭來，事情便無法挽回。

半暗的房間，變得敞亮，我逐漸清醒過來，發現背對著我的人動了一下，露出熟悉的肩膀。是早餐人，是早餐人！不是別人，原來我作了一場夢。那只是夢，現實裡我既沒有上錯車，也沒有進入他人的生活，扮演錯誤的角色。

我心裡一陣激動，緊緊摟住了她，她睡得迷迷糊糊的，還沒張眼就說「我愛你」。我久久無法開口，彷彿歷經一場浩劫，幸得生還。每次噩夢醒來我都慶幸那只是夢，而這次我慶幸此身仍在此處，是睡眠將我們分開了。

早晨，我吃了兩次早餐。她還在賴床時，我先去做了一份迷你早餐吃，回了幾封信，然後回床。我已恢復神智，感到無比歡欣，她喃喃對我說「作了一個好可憐的夢」。我以為她同步了我的悲傷，看見我上錯了車，進錯家門，當了別人的太太。她孩氣地說：「我夢見我們跟朋友去玩，好像是要去一個遊樂園，你在那裡有活動，大家拿著卡片刷卡進場，你也進去了，但是我的卡片不能過關，被擋在門外，我跟管理的人解釋了很久，他們都說不明白，沒辦法讓我進去，後來我看見你們走出來了……」

她把夢說得好仔細，劇情很複雜。「哪裡可憐？」我問她。「你們都進去了，可是我不行。」她說。我很想對她說我的噩夢，但我沒說，夢裡的悲傷氣氛難以言喻，我想等些時間再寫出來。我又緊緊抱她，嬉嬉鬧鬧，等著吃第二次的早餐。

我一直喜愛作夢，彷彿那是另一種人生。而今我才知道我愛她至深，以至於干擾了夢，連在睡夢裡，我也不要過著沒有她的生活。

餐桌上我傻傻看她，她看來傻傻，一頭亂髮，紅紅的臉，我們吃著簡單的早餐，尋常地談話。

原來這一切得來不易，背後有那麼龐大的悲傷需要消化。

我走過去從背後摟住她，她仍以為我在玩鬧。天空地寬，外頭下雨，我們在一起，這是真的了。

## 02 17

## 七世夫妻？

昨晚早餐人提早下班，我卻是忙壞了。下午訪問，回到家立刻趕寫大陸一個雜誌的紙上問答，我這才想起：對啊，《橋上的孩子》簡體字版剛出，也是宣傳期。

總覺得自己忙中有錯，要格外小心，但終於，我還是把廚師服給忘了。昨晚我還馬不停蹄地跟朋友討論各種工作上的事，看見早餐人慌忙地把廚師服與白襯衫從洗衣籃裡撈出來，打開陽台門，自己去洗衣服了。

哎呀，即使她說沒關係可以自己洗，我還是有種過意不去之感。這段時間我實在太忙亂，真是忙到一種有時腦袋會當機整個空白的地步，即使如此，我依然在意著家裡大小事，希望自己沒有因為忙碌而忽略。畢竟，出版上一本書時，我就是在忙碌宣傳期裡發現了令人傷心的事。我總是隱隱覺得自己長期來無論是長時間投入寫長篇，或者出版之後的各種活動，我確實是那種一投入工作就會忽略了身邊戀人的個性。我當然知道早餐人可靠，但正因為如此，我可能更容易忽略她的感受，更習慣她的體諒。

昨晚我們都好疲憊，夜裡我還想跟她說些什麼，卻不爭氣地睡著了。再給我一點時間啊，夢裡我想著，彷彿正爬上坡的列車，車況已經老舊，發出了氣喘吁吁的聲音。

早上我很早就醒來，看她睡著的模樣就像是昨晚失眠了（會出現一種賭氣的睡姿），感覺心疼。我躺著發呆，想起前幾天我們在床上玩鬧，說有網友稱我們陳氏夫妻。我笑說：「是七世夫妻吧。」她說：「什麼，我還要忍受你七世啊？」我說對啊，而且現在才是第一世。她抱住頭啊啊地笑，放開手，她說：「好啊，那下一世我要當花花公子，你要做賢妻良母。」（咦？這是什麼暗示？）

我說好啊。你出去玩，我在家裡等。（哼哼看你能多花？）

那時刻，我們還有時間在床上玩鬧、賴床。晚睡，總不會忘記聆聽對方說話。那時時間悠緩，還能有許多餘裕。這段時間我確實腦中盤旋都是工作，我早起早睡，都在儲備精神體力，我腦中思想都是下一站的演講、下一次的訪談，是還沒寫完的稿子，是接下來的計畫。對啊，寧靜的家庭生活，甜美的夫妻時間都充滿了緊張感覺。早餐人啊，再等等我，我很快就會振作起來的……我知道你總是在等我，辛苦了。

# 02 24

## 早董的春夢

昨天早上匆匆在陽台一握手，她就去上班了。我忙著寫稿，寫臉書，突然接到她的電話。「我昨天作春夢了！」她說。「呵呵夢到誰？」我問。「當然是你啊。」她說。「是嗎？」我心中暗笑。「看我有多苦悶。」她又說，「我要正式提出抗議，我很苦悶。」「好啦，晚上，今天晚上一定的。」我忙安撫。

樓下的宮廟舉行活動，擺圓桌，流水席，還有影歌星唱歌跳舞，熱鬧不已。一整天我都忙著趕稿，希望可以在七點半早餐人回來前把所有工作做完，當然也沒忘了偶爾走出房間，到客廳的電腦看臉書。大家對我太好了，我好感動。繼續趕稿。我現在把上網跟寫稿的電腦分開了，這樣工作起來很順手。

外頭雨勢忽大忽小，忽而停止，我就在雨停的空檔出去買飯吃，倒了垃圾，回家繼續寫稿。終於，我把這個星期該寫的幾篇稿子都在期限前完成了。當然還有其他稿子未寫，大陸那邊也隨時會寄來媒體書面訪問稿。不管了……

結果是早餐人加班，八點才回來。我陪她吃了便當，問她春夢作些什麼，她又一臉哀怨，說「當然是夢到跟你親熱啊」，好不容易，正要開始親熱時，她突然醒了，夜裡醒來看見我，在一旁呼呼大睡，跟夢裡的性感都不一樣，她想想，那還是回去夢裡好了，希望可以繼續夢裡的纏綿……

她就很努力地睡著，很努力地試圖回到那個親熱的夢。

「有回去嗎？」我問。

「有。」她老實地回答。

夢境內容就不方便說了，總之，這是二月份她唯一的一次性生活。

什麼？有這麼慘嗎？為什麼不把我叫起來共襄盛舉？為什麼寧願睡回去也不來到我身邊？難道，我又睡姿很差地流口水了嗎？一定是阿婆睡褲加上衛生衣！

「那，等會，房間等我。」我露出諂媚的微笑。

「每次你都馬說今天。」她哀哀地說，可能是夢裡已經得到滿足，現實裡就不用再碰釘子了。

「真的啦，我現在就去洗澡。」我露出招牌的賊笑。

「十點半以前，所有人要洗完澡進房間把電腦手機都關掉。」我說。

忙成這樣，也太說不過去了，但我確實是忙亂，加上各種陰錯陽差，真的是每晚都倒在床上呼呼大睡，或者夜裡焦慮醒來。說好的親熱，一次也沒兌現。

終於，我們都躺上床了，電腦手機都遠離，她問了我一件事，我們又聊起來，嘿，怎麼又變成閒話家常，我趕忙提醒她，她一副「沒關係啊我死心了」的樣子。

這時，我終於想起來，使出殺手鐧，把衣服全脫了。

窗外是大雨，棉被形成帳篷，我們在排除一切外務、努力集中心神才形成的結界裡，感受到呼吸漸快，體溫升高，那真的是好遙遠的記憶……

我腦子裡跳動了幾個畫面，有時是現在，有時是過去，我想著與她在一起的許多難忘時刻，有時天黑，有時天明，有時大雨，有時小雨，有時有燭光，有時只就著街燈或月光，她的身體看起來是那麼美啊！

後來，她的臉很紅，我趕忙用手背去幫她降溫。醫生說，要避免高溫、熱食、刺激。我笑說，「現在就太刺激了」。

她吻著我，不去理會臉上的燥紅……

這時間，什麼也阻止不了我們。

達陣。

## 03 02

話說，早家夫妻終於第一次要去住汽車旅館了（羞）。話說，這是早餐人的第一次，但其實我年輕時因為當過業務，很長時間都在全省送貨（我不開車，只負責點收貨物與請收款），當時只要是跑南部與東部，都得住汽車旅館，因為我們開著裝有滿車貨物的福斯T４。真的深深感覺汽車旅館確實是為了開車的旅人而設計，車子停在車庫裡，安全、方便。我們當時工作忙碌，到達旅館時經常都是深夜，還得把貨物搬到二樓房間，繼續整理。有時是我跟初戀女友，有時是跟公司的另一女業務（因為常要住宿，業務都只找女性）。不知為何，她們都愛喝啤酒。疲憊的一天，長途跋涉之後，我們在簡陋的房間裡，燈光好暗，我傻傻看著電視，開車的人則豪邁地喝著啤酒，然後總是她先睡著，我會就著床邊小燈看書，直到睡意終於來襲。

但我跟早餐人沒有汽車啊，為什麼要去住汽車旅館呢？原因是相反的，正因為我們沒有汽車，所以她從來也沒有去過無論是時下最流行的、或是業務員專用那種簡陋的（非常像我在美國前往拉斯維加斯路途上住的，甚至連名字也有那麼點異國風味），所謂的Motel，摩鐵。

前因後果解釋過後，為了說服早餐人去住那種充滿峇里島風味的摩鐵，我還提出了達陣的誘惑。

對啊，達陣是必要的啦。

但是，我又約了朋友，多年不見啊真的非常想念。我剛才很興奮地收拾行李，把潤膚油放進袋子裡，她幽怨地說：「我覺得明天不可能達陣。」

「一定會的啦！那裡燈光美氣氛佳還可以泡澡喔。」我諂媚地說（其實心中也覺得她說得有道理）。

「但是一跟朋友見面你就會很嗨，不想離開啊！」她說得很中肯。

「十二點，不，十一點就離開。」我斬釘截鐵地說。

「然後你就會說，噢，我累了。」她真是看透我了啊。

「我們可以一直住到第二天中午耶，隔天早上也可以啊。」我又搖尾巴。

「首先是你會賴床，差不多賴到十點。一起床你就會說，我餓了，然後吵著要吃早餐。」真是什麼都瞞不了她。

「那吃完早餐才十點半啊，還有一個半小時。」我又說，語氣已經十分心虛。說完我自己突然想起，然後化妝又要半小時，然後我可能又想吃午餐了。

「我覺得這次不可能達陣了。」換她斬釘截鐵地說。

「別這樣啊，樂觀點。」我說。

「唉。」她嘆了口氣。

「不然，今天先達陣好了。」我心生一妙計。

「這樣為什麼還要花錢去住汽車旅館？」她納悶問我。

「有道理。那把旅館退了。」我說。「省錢，乾脆去朋友家擠一擠。」

「那就更不可能達陣了。」她哀號。

「我保證，明天一定達陣啦！」我說。

哼哼，她看了我一眼，默默走進了浴室裡。

達陣啊！真是戀人們艱難的任務。

## 03
## 08

夜裡睡前，她說腳趾痛，我便沿著她手指的地方一路看去，那痛點藏在右腳大腳趾根，肉眼不可得見。我又細問她，她說後腳跟也有一處痛，再問，她說小腿也有一處。

骨頭還是肌肉？關節或是筋脈？

她傻了。

可能是過去長期工作需要久站，可能年輕時跌過碰過，可能……有很多可能。「難道是風濕？」我問。該去看中醫？骨科？還是風濕科？疼痛科？

我掛心了起來。

既然放假了，找個時間去做詳細的檢查也好。

三十六歲的她，可能正在經歷初老吧，我估計不是大毛病。記得重逢時那個下午，我們許多話題都圍繞著病，三年了，又往中年更靠近一點。

我們就這麼拉拉雜雜談著老後的話題。我們沒孩子，有兩隻老貓，雖然誰也不知道將來，但我確知我們會盡力守護對方，直到生命盡頭，無論人貓。談著這些無常卻必然會來到的老、病、死，使我們將對方又摟緊了些。

後來她沉沉睡去，我一直輾轉難眠，時不時要去摸摸她，探觸她溫暖的身體。我想要健康一點，盡可能地，延遲與她相守的日子；我想要堅強起來，以便老來還能做她的依靠。

早晨，如常醒來，是不用趕著上班的一天，我們逕任光線照亮，忘卻昨晚老病的話題，談起了各自的夢，胡亂嬉鬧，直到肚子真的很餓了，才離開臥房。

昨晚電視料理節目看見參賽者做的香料蛋捲，我一直嚷著好餓，早晨，桌上就有了這樣的料理。

中午我趕著出門，她說要來整理廚房，我提著包包拉開紗門走到陽台，矇矓窗影裡看見她在屋裡走動。我在陽台站了一會，心中脹滿難以言喻的感受，一種類似於疼痛，卻更深邃、飽滿的力量。

時光在後面追趕，我們更要好好相愛。

## 03 09

## 米蟲們的生活

「這是我米蟲生活的第四天。」早餐人說。

「才不是米蟲呢。」我抗議。「你有存款，而且你之前非常認真工作。只是暫時放假而已。」我滔滔不絕地說。

其實，就算是米蟲也沒關係啊，家裡還有米，咱們一起吃。

其實去年開始我們就為了這計畫準備，一直努力存錢，做心理建設（要說服早餐人放無薪假真是不容易）。這次的假期不拘形式，長短不計，就是讓她在三十六歲邁入三十七歲這年，讓一直忙碌不停的生活停止下來，喘口氣，然後想想接下來的人生。

我是在三十三歲離開台中到台北來，進入專職寫作的。那年，我剛認識她，我們只是工作上往來的朋友。今年我邁入專職寫作第十年，而我們結婚也即將滿第三年了。

我認識的早餐人，是在讀研究所時因為父親突然過世，毅然離開學校，進入職場，扛起了長女還債與養家的責任，一直努力工作到如今。她幾乎是頭也不抬地把所有事都扛負起來，把自己忘卻在腦後，可以說是「勞碌命」的性格。

我非常期待這次她的放假。不是因為每天有早餐吃啦！而更接近是我所謂的「整補時間」，讓一直運轉不休的列車停靠，站在路邊，到沿線走走，甚至走到完全不同的地方去。

「你放心地放假」、「做自己想做的事」，我說。無論是什麼事，我都全力支援你。

我們一直都是互補的關係，無論是生活上或經濟上，都是不分你我，卻又尊重對方的獨立。一個人忙碌，另一個人會做家事；一個人休息，另一個就去賺錢；一個人沮喪，另一個人負責打氣；兩個人都累了，就彼此搥搥背，捏捏腳，一起癱在沙發上休息。

我們生活儉省，對自己節儉，待對方慷慨。我們老是不放心地問對方：「身上還有錢用嗎？」

因為一直這麼用心相處著，原本是性格南轅北轍的兩人，也因此都得到了成長。我學會了生活，她學會了放假。

就這麼，面對即將到來的未知生活，可以確定的是，眼前這個人，是你終生的伴侶。你理解她，相信她，她也是如此看待你。婚禮上的諾言鏗鏘，化成現實，其實是平凡生活裡日復一日的相處、大小瑣事的處理，以及經濟壓力、生涯規畫等更嚴酷的挑戰。

今日早餐清淡，麵包裡夾著雞蛋，抹上讀者送的福源花生醬真是太對味了。另外一種是藍莓果醬，而蘋果照例是八顆一百。

早餐過後，我在客廳寫稿，她在廚房忙碌，見她一會挪動冰箱，一會搬微波爐，把櫃子拆開，又裝上籃子，頭髮亂亂，臉上紅紅，我想她很快樂。或許很快地，我們就可以在家裡烤餅乾了呢！

海闊天空地，我願自己能陪伴她，走到合適於她的方向。這不是米蟲的生活，這只是一個勞碌已久的人，歇歇腿，伸展手腳，過一點屬於自己、人的生活。

## 03 10

### 說說你的童年

早晨醒來，果然天晴，幼兒園的孩子們好久沒這樣吵鬧。我對她說，夢見老家，荒廢的三合院已經整修，父親帶我去參觀，說將來也可以搬回去住。老屋還是那樣老，只是把屋頂翻修，牆面漆白，雜物搬開，又回到舊時光。人去樓空，到處都是老家具，是現實裡我未曾見過的好東西，是節儉的阿嬤不可能擁有的。我像童年時那樣對父親吵著，這個我要那個我要，都是難得一見的檜木樟木製品。

邊間曾住過兩個姑姑直到出嫁，後來是堂哥的孩子住到上高中，後來荒廢了。夢裡，改建成適宜兒童讀書的屋子，不知何故地上遺落許多大背包，各色都有，我拾起粉紅色一個，提在手裡才知道新，轉頭問父親，他說是家裡前陣子賣剩的。我問他一個賣多少，他說兩百元，我心想「唉呀，我之前才買了一個，買貴了」，又嚷著說「這個給我」。父親急忙阻止，說那個背帶很容易斷。

說到這兒我笑了，如同過去的夢，現實裡的小事滲透入夢，然後纏結成奇異的情節。我為何總記掛著修整老屋的事呢？

說說你的童年，她問我。

棉被裡有睡眠的氣味，昨天我們各自荒廢或忙亂，很適合連綿雨天裡的假期。睡眠使我們更新，陽光把我們曬醒，但還是不想起床。我說起童年好多事。透天厝一樓客廳簡直是小店鋪，父親街上批來各種「抽糖果」，母親製作綠豆冰、糖水冰、棒棒冰，我負責販賣。鄰家的孩子下了課就往我家擠，來花錢。

客廳另一頭，母親夥著鄰家大姊姊做加工，有時縫雨傘，有時縫棒球手套，屋裡一朵朵傘花盛開，孩子們穿梭在那些傘骨、傘布、零件之間，一張一張撕著紙，期盼開獎。我則一元兩元五元十元地收錢，母親安靜，一直忙著工作。

「為什麼你會跟我結婚呢？」她問我。

「因為你很好啊！」我說。

「也還好吧！」她納悶說。

我們又針對這話題說了一會，都是傻話。

我又說起童年，各種營生，平靜生活與其後的斷裂。

「很多事我以前都遺忘，現在記起來了。」我說。

那些細節，可惜以前寫作時還無法想起。

「為什麼呢？」她問。

我想對她說，但沒說出口：其實是因為你啊。

如今我也是有家庭的人了。我彷彿終於可以用一種成人的心態看待往事，那些執拗曲折的暗影，那些纏遂不去的痛苦。我能平靜地看待，我不再是一個固執地注視著缺失的孩童，我可以站在父母的角度去凝望，我理解了那許多生命裡的莫可奈何以及其中的珍貴。我彷彿可以用雙手護著心臟，讓她真切地感受痛苦與快樂，而不會因為緊張或惶恐而把視線轉開。

無論是之前或之後，如今，那每一個記憶，像從深海裡浮出來，即使裹著泥，在太陽下也還隱隱閃著光。我想看得清楚些。

或許你會問我，為什麼是你而不是別人。

我的回答還是一樣的，因為一定就是你啊。

你使我張望、守候、等待、學習、相信。

關於家與愛的一切。

# 03
# 18

早餐人終於把我的所有私藏亂收混雜的物品全部整理過了，現在只剩下衣服還沒有繳械（因為另一個衣櫥還沒來）。我這四十多年來的生活從沒像這時如此整潔，消失多年的物品一一出土，昨天不斷發出「哇，這是我高中時媽媽買給我的項鍊」、「這是我大學時最喜歡的耳環」、「這是我以前的」等驚喜或驚嚇的一連串說明。

其中，到處會出現的有A漫四本，還有一本相當搞笑的A小說，是十年前一個gay朋友帶我去買的。我還記得第一次走進那種位於地下室專門賣A漫的店，心情十分緊張。

還出現了一個名為「情人們」的紙袋，我記得那是什麼，只是一直想不起放到哪兒了，那一袋滿滿都是歷任情人寫給我的信，簡直像是我的戀愛簡史一樣。那些性別年齡身分背景各異的人們，以各種筆跡、紙張，在不同情況下寫給我的信。每一個幾乎都只有幾封，也有只是一張稱不上情書的卡片。有的是在熱戀時瘋狂寫下的戀愛字句，也有在愛情衰敗時或因為我即將離去而痛苦狂亂時寫下的，或悲傷或憤怒的句子。

混雜在其他「朋友來信」、「讀者來信」、「重要文件」的資料袋裡，有某些情人遺漏的信件，她為我一一撿拾出來，放進那個「情人們」的紙袋裡。

「你的情人們很多，袋子都放不下了。」她說。

我有些尷尬，想著她會不會吃醋啊，我還如此收藏著這些信件。我記得一次她給我看電腦裡她從前的照片時，無意間看過她與以前女友的合照，我當時心裡湧起一股奇妙的酸澀。

那些故事，她都知道，有些人，她還見過。

時至今日，我依然記得那些人許多事，但信件裡寫了什麼，卻印象模糊了，彷彿我只是用自己的版本記憶了我所經歷的，我似乎一直沒有好好聽懂別人對我說的話，那些信件裡他們亟欲表達的。以前我擁有太多，而我能理解的太少，於是，即便是那麼大量的純粹美好的愛降臨到我身上，我依然只是莽撞地從這邊閃到那邊，逃來逃去，無論如何都無法感到舒適。

後來我理解，愛本來就不是舒適的，它尖銳、強烈、苦澀、沉重，是一顆心試圖穿透另一顆心，一個人努力包裹另一個人的嚴肅經歷。偶有甜蜜，更多的時刻是融合的痛苦。

當時，那些我都來不及體會，也還無法應對，就走了。

時光，過往某些時光，被存放在一張紙上，像某個記號。

使我惦念的不只是那些愛情，而是，那每一個未完成的愛，那些斷裂、分開、傷害，像是一個一個我尚未學會的功課。

那些曾經有過的被愛與愛人的瞬間，情人們當時凝重的心意。經過多年，我慢慢可以理解。

紙袋裡沒有早餐人的信。

我想，我永遠不要把她寫給我的任何東西放進那個袋子裡，我要她密布我的生活，是一直的「現在進行式」，融入我現在與將來就要學習的習題，像每天要寫作，日日要讀書，像吃飯呼吸走路那麼自然，那麼必須。因為過去曾有那麼多人深刻真摯地愛我，但願我從中學習了許多，而能回到如今的伴侶生活裡，將那些心意延續。

「你噢……」睡前早餐人對我說，「真的是活了好幾倍的人生。」我傻笑，裝乖，心想著她真是大度，想著她經歷過痛苦，不自覺摟住了她。

「怎麼了啊？」她問。我沒說話。

床頭的小燈亮著，房間景物都變得不一樣了，我心中湧動著過去無數曾經的起伏，感覺時間奇異地在屋子裡快速地流動。

「以前你身材真好。」她感嘆地說。

「我……我會努力啦……運動……減肥。」我用手遮著肚子上的肥肉。

「我愛過那時候的你。」她說。「好懷念啊。」（那是其中一張照片，二〇〇二。）

深夜裡，好像舊時的自己來訪，我想著過去的我們，後來的我們，以及他們。

然後漸漸地沉入了睡眠裡。

## 03 22

### 公用電話之戀

今天早餐人陪我去抽血。不知道是不是因為跟她一起出門太興奮（每次一起上街她都很像在遛狗，我會很興奮地到處跑，東看西看，摸這摸那，然後就闖禍、挨罵……啊嗚），今天抽血特別痛。明明就是我把了很久的可愛抽血站護理人員啊（她為我抽血已經三年了），每次都很溫柔耐性，為何今天那麼痛？

然後去逛IKEA。

說好我們分頭進行，我去美髮院，她去買衣櫥，然後會合，我卻赫然發現手機沒電了（應該昨晚就沒電了吧）。我很驚慌，早餐人說「沒關係，有公用電話」。她把手錶脫下來給我，「如果找不到的話，就約一個時間定點碰面」。

但我太急了，手錶戴上，沒約時間地點就轉身走掉。

一個小時後離開美髮院，看見附近公園很漂亮，就閒逛了一會，然後回頭去找她。首先當然要找公用電話，這玩意我已經多年沒碰過了，真不知道哪裡有。跑去7-11，發現提款機上有電話，還以為可以用信用卡打呢，後來才知道那是銀行專線，差點糗大。

7-11的人說店外就有電話，但得用電話卡，我當然沒卡，得花一百元買，我決定去找投幣電話。

就到處去問人。

後來果然找到了，就藏身在二樓的廁所旁。我投下十元，像投下什麼許願硬幣，等待電話接通，傳來特有的長嘟聲，然後早餐人的聲音清晰傳來，跟手機裡的聲音不一樣的音質，難以言喻，這感覺實在太懷念了……

重逢最初時日，因為某些原因，我們相約不打電話，只有在非常特殊的情況下偶爾通話。因為話費昂貴，有時，早餐人會到大街上找公用電話，都是投幣式的，撥打到我家的室內電話。談話裡可以聽見硬幣掉落的聲音、大街上人車流過的聲響。有時電話故障，或路邊太吵，她會走遠路再去找一架電話。有時，要等好久，電話才再度響起；有時，在關鍵時候，硬幣沒有了，聽見最後的嘟聲，談話瞬間截斷。

我們時常這樣講掉幾十元，很多句子都被路邊的雜音吃掉，有時甜蜜，有時悲傷。

今天我們只是尋常地談話。「你在哪裡？」「好，那我去地下一樓找你。」我想起了從前，那時她為我操心、奔波、流淚，如今我彷彿可以看見她如何在大街上尋找公用電話，如何從口袋掏出硬幣，如何謹慎挑選字眼，安撫解釋說明，費盡心力，筋疲力竭，我對她的理解總是遲到。

說好不找零，但後來話機掉出一塊錢。

我握著那尋常的一塊錢硬幣，心裡有種遲來的，異常的感動。

## 04 02 客房的重要

吵架了。

當然，早家夫妻吵架不是新鮮事了，但這次吵得非同小可，隔天中午我立刻飛奔老師家求助，跟老師、師母談了許久。老師說，溝通的重點在於「先溝通出溝通的方法」……嗚，深奧。

大意是說，要先制定溝通的法則，比如，兩人之中只要任何一人有情緒，就先停止溝通（不然接下來的就是吵架）。溝通的過程如果有情緒了，也可以先暫停，各自走開冷靜一下（當然要先講好，不然一旦吵到一半才突然走開，事情就會變得很嚴重）。可以制定一些類似「我們結婚是為了來吵架的嗎」這類的暗號，一旦開始爭吵可以提醒彼此……

方法可以在情緒穩定的時候慢慢討論出來，也可以視情況調整。

我學了很多，但不知道事到臨頭用不用得上？

晚上，早餐人去睡客房了。之前吵架時也有她睡在客廳的經驗，我去把客房的衣服都清走，見她就裹在棉被裡。

我一直在客廳讀書。屋裡異常安靜，我有些悲傷，但靠著讀書來轉移。過往種種，知道自己有很多需要改進，但相處的問題盤根錯節，簡直不知到底哪個環節出了錯？我們倆一靜一動，一個緩慢一個急躁，生活習慣、思想觀念幾乎都處在兩極，將我們聯繫起來的是愛情與婚姻，是想要在一起的意願。我們真的歷經了太多困難，經過了三年，感覺一切都安定下來了，卻一下子又彷彿被打回原形。

靜夜裡，我感覺疲憊悲哀。四十二歲的我，對於處在愛情親密關係裡的自己竟還有那麼多不理解，還有那麼易於失控的黑暗。對於我深愛的她，隨著時間累積的理解，卻也會在某些奇異的心理狀態下消失。我們那麼相愛，卻被某種難以解釋的陰影隔開……

我們隔著薄薄一片牆，不知彼此心想什麼，那是最悲傷的時候了。但我想，客房真是重要，

我要相信因為有了客房的保護，我們各自有安全的地方可以獨處，可以讓憤怒傷心沉澱，才有力量走下去。

很早我就醒了，巷子裡工人正在翻修路面，鋪上柏油，屋子裡都是瀝青的味道。

我餵了貓，吃了早飯，一直沒聽見她的動靜，終於推門進去。她還睡著，我爬上床，和衣躺在她身旁，抱住了她。她醒來，我說對不起，她問我幾點了，我回答，她說還想睡，我就退出房去。

無論如何我知道我們仍然相愛。愛情沒那麼容易，在生活裡落實一份愛，是最具挑戰以及創造力的事。我感謝這份愛，讓我比寫作時更深入自己的恐懼、憂患、創傷、噩夢，讓我因為想要繼續這份愛，願意鼓起勇氣與那個不完美的自己奮戰。我知道我不完美，我知道愛我是辛苦的，我一日比一日清楚，但當一切情緒落地，我仍看見三年後的我們真實地創造了這個家，一切並非停滯不動，我們真的前進了。

十二點，她從客房走出來，客廳亮亮暖暖。我走上前去擁抱她，她臉色蒼白，必然經歷了痛苦的兩日。我緊緊抱著她。相愛是艱難的，只有一個人無法成立。

我知道她在努力。我也是。

我想起離開老師家之前師母說的話，她說：「放輕鬆，不要急，那是一輩子的事。」

# 04
# 03

## 自己的衣櫥

昨晚我們都睡主臥房。一夜無事，沒達陣也沒吵架，尋常日子。

下午，我的衣櫥送來了，昨天在IKEA，天人交戰許久，最後我還是選擇了便宜的組合衣櫥。質量當然不好，但容量夠大。這次「大聲溝通」之後，我們決定各自管理收納自己的衣服，客房正式更名為「早餐人的房間」，我的衣櫥跟電腦擺主臥室，她的衣櫥放她自己房間，電腦放客廳。我們認真溝通，覺得各自有自己的空間，無論擺設布置或獨處，都較為自然。「你也可以來客房跟我睡啊，客房很好玩。」她說。但我想大部分的時間我們都會一起睡在主臥室裡。

一整個下午都在整理衣櫥，很勞累，也很愉快。終於可以把所有的衣服都拿出來檢查一次了，把隆冬的厚重衣物收好裝箱，把春天與夏天的衣服一一疊好，只要想到往後客房不會再堆滿曬過的衣服，她隨時都能保持她需要的整潔，我就覺得安心。

目前家裡又變成剛搬家的樣子了，到處都是箱子，家具仍等待定位。

一個家的成形，或者說一段長久關係的進程，或許就是這樣的。總是在摸索，還可以不斷調整，它的模樣氣味姿勢形狀都是經過長久時間磨合而出，應該讓身在其中的兩人都有自己伸展的空間，卻也不妨礙彼此的親密，但這真不容易啊，不是請來設計師就可以達成。我們還在摸索，但已經碰撞出一些正面的方向。

「我們不算分居吧？」我問她，是開玩笑的啦。「當然不是啊，只是衣服分開放而已。」她說。

「那我偶爾可以把衣服放進你的衣櫥嗎？」我問。「為什麼？」她很納悶。「就是很想這樣啊！」我說。「我想我偷偷放一件進去你也不會發現。」我繼續得意說道。

「怎麼可能不會發現？你一定會到處留下痕跡的。」她無奈地笑了。

感覺就像現在才真正搬進新家了，早就該讓早餐人有她自己的房間。正如過去許多事件，那些陰錯陽差的發生，我們都太在意對方的感受，以至於忽略或壓抑了自己，但那正是愛情的敵人，因為唯有可以使你舒服地表現自己需求的人，你才得以長久地、自然地，願意在她身邊。

我們是如此不同，也無意因為愛而消滅其中一人的性格，但願，我們既能保有自己的獨特，又能真正地親近。

這是第一課。戀人們，擁有各自的衣櫥，擺放在自己的房間，像一個防空洞，一個藏寶箱，一個關於愛與自由的實驗。

# 04 21

## 花蓮行

結婚快三年了，這幾日我們才又重返花蓮。沒有特別帶著慶祝的心情，我們都喜歡花蓮，假期裡有演講，聽說是花蓮就答應了。我們訂了市區裡簡單乾淨便宜的民宿，租了摩托車。出發前很擔心大雨，結果四天裡凡是我們在戶外的時候，天氣都很晴朗。

三年前那次的旅程，我們相約在火車站，是第一次兩人出門旅行。那時見面還是難事，困難橫亙我們之間。我們是那麼快樂，整路上握著手，一路依偎著，窗外任何風景都使我們激動。

三年後，行李都集中一處，我當然又帶錯衣服，使得早餐人像駱駝一樣扛著背包。車程裡，我看了會書，打了一下盹，早餐人望著窗外。有時我們也握手，有時，就像平時在家那樣，非常日常。

四月二十日的演講在慈濟大學。當初收到演講邀約，學校也邀請了早餐人，我們是以同性伴侶的身分參與，這真是令人驚喜。晚上五點半我們進入校園，簡單晚餐後我們倆很開心地在校園裡走逛，還是有些無法置信。安靜的校園裡偶爾看見學生成群，都是要去聽我們演講的。這次的演講最特別之處在於他們也邀請了早餐人當對談人，因為她很害羞所以坐在台下，我獨自講了我們如何相識相戀分手失去消息又重逢的過程，她一直在台下聽著。有時我會調侃她，或突然問她問題，她就很害羞地笑。

起初非常搞笑，然後漸漸變得凝重，後半段我說到因為去峇里島而導致我們失散的過程。那個悲傷的永夜，其後記憶模糊的幾個月，與多年的音訊全失。我一字一句說著，她眼神專注，臉上一直掛著清淺的微笑，跟其他人一樣聆聽著。這是她第一次聽我公開說明這一段，即使她在場，我也沒有修改版本使故事變得更溫馨一些。過去種種，聚散離別，歷歷真真。有時我會跌入我們未相見之前的時空，心仍會因為自己的描述而脹痛。故事裡是分離的悲傷，而現實裡，她明朗笑臉在我面前，隔著幾公尺的距離，我還可以感覺到她用一種方式靜靜鼓勵著我，「好好說下去啊」。我終於把整個故事說完，非常穩定地結束了演講。

然後就是大家對早餐人發問的時間，她握著麥克風（這是我沒見過的畫面），耐心地，仔細地，就像平時與我相處那樣，很認真地回答問題。我知道她很緊張，但她卻出奇地平靜，只是許多問題來不及更仔細地思考，也沒有足夠的時間回答得更細緻，但我可以感受到這破天荒的舉動，對她、對我、或對台下的學生，都有特別的意義。即使對我這樣習慣於各種公開場合的演說，她的發言仍使我震動。

謝謝慈濟大學的師生，這個夜晚奇妙而令人感動。我們只是一對平凡的伴侶，我們分享了自己的故事，也使我們在結婚三年這個時間點上重新溫習、認識、回顧了我們之間的情感。

旅途裡，我們躲過了雨，遇見了許多良善美好的人。

第四天台北回南勢角的捷運上，我們大包小包，站在擁擠的車廂裡，滿足而疲憊。快要到家了，非常想家。她突然伸手撫摸了我的臉頰，彷彿問我累不累，只是很短的一秒鐘，我們沒有言語，只是靜靜倚靠著車門邊的柱子。

我沒有動作，但心裡突然流出眼淚。我曾以為自己人生經歷那麼多曲折，犯下那麼多錯誤，我已經不可能得到幸福。我以為像我這樣的人，無法愛人，也不該被愛，我只能將自己如狼一般放逐到荒野，在黑夜裡狂奔，躲避寂寞與瘋狂的燒殺。我以為我對人有害，也會分泌毒液自毀，我不敢相信有一天我可以感覺如此寧靜，這樣趨近幸福。她溫暖的手心滑過我的臉，像把所有悲傷痛苦都推開。我知道我被愛，我也可以愛，我們真實地活在這世界上，如車廂任一平凡的人。

真實地，經歷痛苦歡樂、考驗折磨，如世間所有在愛著的人。

## 05 16

昨晚睡前小聊，談起許多事，早餐人說到年輕時的戀愛，「好像常常在服侍別人啊」。她說的是女朋友。那時年輕，或許因為沒有安全感，或許還不懂得相處之道，或許，還不夠珍愛自己，是許多人都經歷過的，一天到晚接送啊，總是在等待啊，做這做那……「噢，真可惜，輪到我就沒有服侍了。」我笑說。她說：「長大就沒有了，我不要再服侍誰了，那樣好奇怪……」我又笑說：「現在都是我服侍你，刮痧啊，按摩啊，洗衣服啊。」她說：「我也有啊！那不是服侍啦，是互相照顧，心甘情願的。」

我也想起我自己，性格裡有某種容易勉強自己的傾向，相處時常不自覺退讓，到後來山洪暴發，就一走了之。

後天要出遠門，去那沒有臉書的地方。這兩天我一直在處理各種雜事，工作先妥當處理到一段落，把衣服分類洗好、晾乾、折疊，把地板擦了，每天都對貓耳提面命，一點一點收拾其實也不多的行李。更多的時候，我都嘮嘮叨叨對她說話。

我似乎可以想像年少的她，剛開始戀愛，那麼生澀而認真，可以想像她用心對待女生的樣子，想像她的挫折、困惑，想像她在路燈下漫長的等待，無奈地搖搖頭終於放棄地離開。我更可以想像她如何慢慢建設自己成為現在的樣子，成為這可以善待人卻不迷失自己的，在我眼中「很有個性」、成熟的她。我們要如何能善待別人卻不扭曲自己，如何付出愛卻不是為了恐懼失去，如何在一段關係中理解他人、理解自己，也使對方理解自己呢？我們要如何在日復一日的親近裡更舒展自己，說出想說的話，親密，融合，卻不致迷失自己？我們如何學習承擔責任，解決問題？在我們眼前展開的是一個又一個只有在親密關係裡才會真實浮現的問題。

一個人做飯另一個人洗碗，一個人掃地另一個人買菜，一人餵貓另一人去澆花，我們就像練習四手聯彈那樣，就像跳恰恰、探戈，一開始不免磕磕絆絆，但後來逐漸找到了節奏。

沒有誰服侍誰，是真心地互相照顧，彼此體貼。跟女生在一起不是因為她總是可以把你照顧得很好，不是為了貪圖有人幾乎比你自己更理解你的需要，不是為了享受「被疼愛，被照顧」，不是為了害怕孤單，不是為了「你需要她，她總是在」，不是為了把自己生命的重量寄託在另一個人身上，而是，這世上有一個人，就像是遙遠的旅途一站一站終於來到了此地，你們已歷經滄桑，也懂得了真正貴重的事物，你們那麼欣喜辨認出對方，覺得可以攜手同行，學習「愛」這件事。

「大人，現在我要服侍你囉！」我笑著跳到她身上，以打打鬧鬧結束這一天。

一起努力吧！

## 05 22

回程的飛機上我們仍繼續談著話。旅途的意義有時在於孤獨，有時則是結交了朋友，這次是後者了。

我們三人結伴搭車，一個一個下車，最後只剩下我，車子穿過我熟悉的道路回到中和，也是熟悉的旅行後些微的疲憊與空慌，回家了。

早餐人到樓下來接我，提著我的行李上樓。陽台上花草暗暗綠著，隔著窗簾微微看見室內擺設，覺得她的臉蒼白了些。進屋，貓就叫了。我放下所有行李，倒了一杯水，桌上麵包剛出爐，烤箱裡正在烤餅乾，地板光滑潔淨，屋子好亮。

只有她的臉奇異地暗暗的。「太太我呆呆的。」她說。我把東西放下，與她坐在沙發上，細細看了她的臉一次又一次。她說第一天做了什麼，第二天去了哪兒，第三天如何如何，說天氣時雨時晴，說她走在大街上，人潮湧動，覺得嘈雜，說屋裡過於安靜，連貓都變得靜巧。

她沒說想我，但我猜想，一直過於安靜的她，其實需要我的喧鬧。連著幾日總是忙，夜裡跟朋友們談天有時就忘了時間，電腦一直怪怪的，電話也只講幾句。「如果你很久以後才回來，會發現我變成了一張椅子，變成屋裡無關緊要的擺設……我會變得跟饅頭一樣，感覺自己變得透明。」她說。

我抱著她，拉雜說著旅途上一天一天，見了誰，說了什麼，有啥發現……

「我們去睡覺吧。」我拉著她進屋。

揉著她的手臂像要把她從遙遠的孤獨世界裡喚回來，慢慢使她甦醒，然後她睡了。我在黑暗中慢慢感受身體從異地逐漸回來，旅途上與朋友說的故事、她們對我說的話語，擁擠著身體，還在腦子裡消化。我有新朋友了，這不是什麼大事，但確實讓我感到激動。

然而，我真的有家了。有人這樣記掛你，有地方可以回來，我真正感覺到自己與她成為無法分割的整體，失去了一個人那種無拘無束的自由，但，這是一種有牽掛的自由，像鋼琴上的鍵盤，如果漫無邊際，無法彈奏出具體的音樂。我轉身向熟睡中的她，想念這時才到達。她總是在等我，等我從遙遠的什麼地方，一次一次返回。

而當我離開的時候，那些在我身上奇特的發生，彷彿也同時改變了在另一處的她。

「我回來了」，我又低聲說。她聽不見，她聽得見。

有時我們得遠行，你才知道什麼人事物對你是真正重要的。

有時我們得遠行，你才會一次又一次感受到有誰是你永遠不願意失去的。

## 06
## 07

前日跟好友們去唱歌慶生，我點唱了張學友的〈李香蘭〉，上網翻查，才知道原曲是玉置浩二所作。

被駱以軍傳染，我也愛上玉置浩二〈不要離去〉這首歌。卻是每次一聽心中一痛。每當字幕打出「不要離去，不要離去，不要離去，留在這兒吧」這幾句，我都有眼前一黑的錯覺。

我想，我終於活到有能力感受「失去」的痛苦之年了。以往，我時常認為自己是冷漠的人，缺乏對於喜怒哀樂的一般反應，詳細原因在此就不細究了。多年前我養的狗死了，那是我非常非常喜愛的狗。有一段艱難時光，每晚我下樓倒垃圾，因為怕黑，牠都像衛士一樣陪著我下樓、上樓。那年我開始看精神科，有時會莫名垂淚，牠就伸出濕濕的舌頭像人那樣兩隻前腳趴在我肩頭，拚命舔我的臉。

是那樣的一隻狗。

狗死的時候，我心中完全沒感覺，像被塞進水泥塊似的。當時的女友是非常man的人，在黑暗中哭了幾個小時，我卻是完全地僵硬。

事隔多年，一次整理東西我在盒子裡看見狗的照片，才落下眼淚。

實際上我怕哭，就像我怕發瘋，以前，對我而言，那兩者幾乎等同。所以我不喝酒，我總是嚴格地控制著自己心中某處，那讓我能夠正常生活，有能力繼續工作。使我能以近乎不可思議的方式過活，寫出一本一本小說。

如今有時我會撫摸著自己胸口某處，那曾經堅硬如石的部分，幾乎還可以感覺到那曾經使我自己痛苦的石化過程，也曾刺痛他人。那兒似乎還遺留著小小一片，像小指甲的月牙部分那樣細小而透明的存在，標誌著我的痛苦，那可能是我身上最脆弱的部分，如果以手指深入，可以掏出血來。

我幾乎遺忘了，不是因為痊癒，而只是遺忘、淡忘，我學會了如何處理情緒，我能撫慰自己。有人愛我。

早晨，總是她先醒，她說迷迷糊糊的我最可愛了，就來說話逗我。我還在夢的邊緣，藥物沒有盡退，即使朦朧中我也知道我不是單獨一人。她手腳的形狀、棉被的重量，陽光透過窗簾穿入，幼兒園孩子的音樂課，鐵工廠可能趕工了……我的朋友W說，那時間是人最沒有防衛的時候了。我遲遲不張開眼睛，我害羞地想，因為我正在幸福之中，我不張開眼睛也知道這一切。或許十分鐘吧，我任性地閉著眼睛，還想多睡一會，但心中會突然著慌，像是從最遠處傳來的海浪，一點一點襲上我，我會趕緊張開眼，懊惱著自己的張狂。

她彷彿什麼也不知道，繼續跟我玩，那時的她也是全無防衛的，會說孩氣的話語，眼神裡充滿幸福。有時我會因為這簡單的畫面而激動想哭。生命曾經錯待我，我也曾錯待自己，我以為人不可能得到幸福，快樂令人可恥，我曾以為那些帶著笑容的人心中必定如我隱藏著不為人知的醜惡，我以為把自己的心化成石頭就什麼也不能傷害我。

早晨，我想，如果失去她我會心碎的，我會徹底地感受到近乎死亡的痛苦。走到這裡，我已經變得柔軟，我已理解快樂悲傷，懂得分辨事物的輕重，無論生老病死，無常的變化。我已經愛了，不可能再逃避任何一種形式的失去之痛苦。我已經體驗了快樂，必然也會體驗到痛苦。

早晨叮叮咚咚的，我們像孩子一樣在床鋪上說話，我想起玉置浩二的歌曲，完全不是多愁善感，也非未雨綢繆，而是真正體會到我是個完整的人了。非常奇怪，那讓我脆弱，也讓我堅強。我想我可以頭也不回地揮別那石化的過往，該哭該笑，該愛就愛。我要再更堅強一點，在晨光沒有完全退去，孩子的歌聲還未歇息，她仍在我身邊，我要再更堅強一點，像擁抱海的寬闊、海的黑暗、海的自由那樣，擁抱著愛的無常、愛的珍貴。

我一定要讓自己變得更好更強更寬闊一點，才不會在感到幸福的時刻裡那麼恐慌，那麼愧疚。她彷彿什麼也不知道，又像全然理解我那樣地，靜靜把我的手握在胸口。

## 07/01

夏天正式開始了。

今天是特別的日子，有許多重要的朋友來訪，有重要的事要做啊。

早餐人連著兩天都在為今天而忙碌，看她作事的方式，有時氣惱她太過仔細周到（其實是心疼），有時擔心她太勞累（呵呵還是心疼），有時因為自己幫不上忙而覺得很自責（我算什麼賢妻啦，根本是笨妻）。早餐人是個安靜的人，一做起事情來有時會因為專注而板著臉，有時我會擔心是不是自己作錯了什麼（或者是少做了什麼？多做了什麼？沒做什麼？），但因為知道她的脾氣，還是讓她靜靜地，以自己的節奏（我幾乎完全不清楚她的工作表啊），慢慢展開，慢慢完成。

那些時候，有時我就拖地板，有時去玩貓，有時廚房跑進跑出，有時把心一橫：我還是去做自己的事吧！各忙各的，這樣也很好。

早餐人沉默的時候，我想著很多事，發現自己心裡有著非常深沉的，一種難以言喻的，對於沉默的恐懼。因為恐懼而產生的罪惡或愧疚，然後慢慢發展出自己都無法理解的不安。我靜靜地想，一層一層剝開。

我發現自己是那種人，只要愛人或親人把臉一沉，我就覺得要大禍臨頭了，可能要挨罵了，或者，我又犯錯了？有時，我會因此而防衛起來。「怎麼了？你不高興嗎？」我這麼問，但語氣並不柔和，說不定這麼一問就吵架了。

我問自己，為什麼老覺得是自己犯了什麼錯，或者對方一定在生我的氣呢？當然，跟童年經驗或過去的情感經驗必然有關，我似乎不自覺成為了那個習慣道歉的人，或者說，幾乎就會把「對不起」掛在口頭上，像護身符一樣。

這幾天我靜靜地想，但我跟早餐人很相愛啊，她明明就是很愛我的，不會無理由生我的氣或者嫌棄我啊，那我怕什麼呢？

她在忙著我幫不上忙的事（我一旦插手事情會變糟糕），我應該放手讓她去做，而無論她是以什麼樣的表情或態度去做事，我應該相信她是個理性成熟的人。沉默不等於生氣，疲累不等於責怪，安靜，也許只是需要休息。

我又問自己，如果真是我做了什麼使她不開心，我也無須急著解釋啊，因為等情緒過後，她總是會耐心聽我解釋的。她不會與我計較，因為她不是記仇的人啊。

我又想，那倘若她冤枉我了呢？如果是這樣，那就更不用急著解釋了，因為最後她總會問我的，急著為自己辯護，一定會演變成情緒化的爭吵。

當我演著內心戲的同時，我不禁在想，所以我們需要戀愛，需要關係，需要一個人與你進行長時間的、無間斷、出現各種狀況的相處。因為，唯有這樣的距離、這樣的角度，面對的自我無可迴避。年輕時的我總因為這樣的尖銳，或者因為看見自己面對親密時引發的舊傷，或不明所以的反應，而逃避關係，甚至覺得對方造成我的不快，彷彿「這個人不適合我，因為她引發了我對自己的不舒服感」。

但這幾年的婚姻關係使我深深體會，大多數時候，我面對的，都是我生命裡尚未處理好的命題：自尊、自信、獨立、愛的能力等。她距離我這麼近，彷彿時時都在考驗我。我夠自信嗎？我夠信任她嗎？我信任自己嗎？我懂得愛嗎？我夠愛她嗎？我是個獨立而堅強的人嗎？關於過去曾經發生的傷害經驗，如今我可以不慌不忙地面對它的陰影嗎？

我知道我進步了，但還得提醒自己鼓起勇氣，更成熟地面對。

想到這些時，我的心安靜下來了。我想，我要耐心地，等她忙完；我要讓她用自己獨特的方式，進行她的工作；我要對她對我自己更有信心，當她沉默時，我無須去探究那其中傳達什麼，因為時間到了，她總會對我說的。

我相信我們的愛。只是彼此表達的方式不同。要耐心等待。不可以用自己的速度跟節奏去評價對方。

如此，我的心就安定了。

結果今天非常好啊！忙碌而繁瑣的前製作業果然造就今天流暢的一天成果，非常美好，大家都很快樂。

我定下心來，自己是受益最多的人。

三年婚姻換來這樣的結論，我並不覺得自己多心多想，我感覺我又往內心深處走去，逐漸克服自己最大最嚴重的恐懼，而這些，會讓我成長。

一份使人成長的愛，未必是因為遇到了對的人。世上沒有對的人，有的只是：有些人，她會讓你想成為更好的自己，她給你機會，願意與你一起探索、克服、面對那些我們自己都不理解的自己。而那樣的陪伴，帶給彼此力量，在我看來，就是一種難得的愛。

在退去對於外表、成就、才能等等的想像之後，能與我們一起創造一份真實生活的人，其實就是這樣一個願意與我們一起堅持不懈，往內心的密林走去的人。

# 早餐人的信

那是分開後的第四年，二〇〇七年
時間漫長得我幾乎以為不再悲傷
已經安靜地進入新的生活
甚至快樂起來了

分離有著比「因為太在意對方」更複雜難以說明
的原因
無論多麼難以言喻
我知道是我傷害了我們
仍在狂愛中的戀人被拋甩至高速運轉的時空裡
那時的我
沒有通過考驗

我們是如此如此地悲傷

事實上我們沒有分手
沒有道別

只是不再見面了
或者說
沒有辦法見面
關上門
任由電梯降落
她走進黑夜裡
然後我醒來

我寄出的最後一封信
像投擲進已經醒轉的夢裡
因為無法回到那個夢
再也收不到回音

彷彿知道她就在那裡
而我在這裡
或者她就在某處
而我在此處

而這裡那裡此處某處
之間卻無法找到連結

小小的台北來來去去
我們從不曾偶遇

我想
她要找我很容易
我只要等待著
若有一天
有一天
有什麼力量將傷害消弭
讓我們恢復連結

我幾乎沒有察覺自己在等
日復一日
我沒有夢見她

然後有一天
信箱裡出現了一封信

像謎語一般的信
簡短
神祕

我反覆讀了許多次
依然無法理解其意義

但我知道
這就是我一直等待的那封信
無論內容是什麼
重要的是
她給我寫信了

## 2007年4月

我知道妳會過得好
正如同我知道妳會過得壞
正如同妳會知道我
或妳不會知道我

我知道妳會過得快樂
正如同我知道妳會過得悲傷
正如同妳會知道我
或妳不會知道我

正如同
在那些日益沉默的日子裡
聽見日益沉默的他說
A thousand kisses deep

### 4月11日

我一切安好
可能更安靜了些
可以坐著看樹的形狀很久

偶爾會想到
到底這安靜濃縮了我或稀釋了我
總也到底變成一種啞然的默然

是這樣被安靜吹了口氣
像浦島太郎一般
把每一個字還給每一個字
塵歸塵
土歸土

然後想到該寫封信給妳打開
如果說有什麼封印的話

## 4月23日

四月的天氣叫人疲憊
如同記憶與睡眠
雨下得迷亂無序
陽光也是

後來
我在師大附近的café工作了一陣
光怪陸離的事情接二連三
如今回想起來
那該是青春的碎片炸開
只剩下浸透在記憶裡一屋子混雜的酒和菸的味道
以及一些陌生而熟悉的臉
以及疲憊
拖得很長很長的疲憊
然後悲傷開始變得很淡很淡
變得不再那麼青春燦燦

時移事往
我或許被時光溫柔地置換了什麼
有什麼變了模樣
我無法分明
模糊依稀
就像那些臉和眼睛
陌生又熟悉
像是一棵逐漸融進風景裡的樹
而總是有那麼一些靜下來的時刻
我不知如何回憶妳
總是有那麼一些安靜的時刻

## 5月8日

近來在改一個超長篇譯稿
還好快要接近尾聲了
這兩年我多是接下這類很累人的稿件
稿費不多，要花的時間很多
很折磨，可是自己還算喜歡
然後就是持續地在咖啡店工作

四月底和母親和她友人一起去看了鳳飛飛的演唱會
她們是順便陪我去的
我好喜愛她（笑）
真的是一個很努力很真誠的歌手
這次她唱了好多老歌
許多是我第一次聽
可說不上為什麼就是很喜歡
尤其是過去的〈春夢〉、〈三部情曲〉、〈心影〉這些
騎著腳踏車去買菜的時候
總會不自覺地哼著

有機會的話
妳不妨也去聽聽
會有很多溫暖的收穫

膝蓋不舒服挺麻煩的
要吃阿鈣
這些次回家
母親總是這麼叮囑我
要吃阿鈣
少喝咖啡

## 5月22日

我不記得了

法文都忘了
記得小雲
幾年前忘了什麼時候
手機裡曾收到她一封簡訊
希望她安好

我想我某個地方一定以一種逐漸的方式在毀傷
記不得很多事
認不得很多人
有時甚至認不出字

傍晚去了挪威
好久沒有去公館一帶
靜靜地喝了杯咖啡就離開了
對於溫州店記憶裡很模糊
台大店的挪威則已經揉進我的一部分裡
收不收開不開對我已沒有所謂

那時跟抽萬寶路淡菸的女朋友散了後
就再也沒有進去挪威了
那裡那一掛朋友都是使人懷念的溫暖善良的好人
他們和她一起走過很長一段
我想直到現在仍是
覺得她需要他們
單純地不想讓什麼複雜了
就再也沒有和其他人聯絡

直到後來的後來
我在師大的café打工的時候
一天下班騎車經過挪威
順自然停下了車
走了進去
我推開門
遠遠看見吧檯裡的小君姊
仍然是長長的鬈髮玳瑁色的眼鏡
仍然總是微微地偏著頭

對我笑著
彷彿一切依舊美好如昔
我不知道為什麼淚流滿面
小君姊說
下次就不要哭了喔

過了一陣子
有一天打工時
她和兩三個另一掛的朋友走進店裡
一直到打烊
仍是無法好好地說上一句話
幾天後我寫了一封信給她
她回了一封信給我
然後我知道
某些什麼就算是了結了

為什麼突然說到這
我本來是想說有關菸的事的
也許是什麼壞得嚴重
我現在好疲憊
都抄些什麼書？

## 2008年1月14日

○七年的下半很扎實工作
學生們開學了
考試
耶誕
跨年
期末
有些疲憊……
到現在
差不多是可以小喘一口氣的時候

然後有一點小小的傷感
歐洲來的交換學生月底要回去了
我很喜歡這批學生
一個個都好純真有禮貌愛吃又能吃
很棒的一群大男孩

多數的時間裡
就是這麼隨時光度過
日復一日
如果偶爾有什麼想說的話
眼前的景象也都替我說了

**1月18日**

還是在café工作
離學校不遠

妳說起抄書使我想起
某段日子那種全然安靜的豐富
那與現在的安靜不很一樣
比較絕對
比較滿
現在的安靜是一絲一絲的
像菸抽進身體裡

這兩天天冷
學生們也放假了
節奏變慢
窗戶外面偶爾滴下一點一點的雨
突然空出來的時空
像一張潮濕的照片
彷彿跟某些日子裡的我的冬天重疊起來

## 3月19日

下午出門的時候
還沒開始下雨的時候
空氣裡冷冷的
充滿了雨的味道
我走在路上
幾乎要有種季節的錯覺
然後不經意地想起從前去找妳時的一段路程
也時常是這樣的天氣

近來常常這樣想起一些與妳有關的

比如說我遇到一個女孩有著妳的聲音
比如說我遇到另一個女孩有著妳的手
比如說我看見有人的臉上有著妳的眼睛和笑
比如說有人在紙上寫出妳的字跡
或者是那些在隱然之中我不確定
但必然是與妳有關的
諸如此類的

然而其實我並不能確定這些錯置
因為其實我並不能想起妳的樣子
因為其實
連記憶都顯得那麼迷離
然而叫人安慰的是
這裡面卻有著使人可以相信的什麼

比如說這些錯置
我不能確定
但能夠相信

昨天我夢見了妳
夢裡的時空是現在的時空
夢裡我們不經意地遇見
有些意外有些無措

卻又彷彿早就知道似的
夢裡的我們找著機會獨處
用力地看著對方
都有點不能確定對方的樣子
然後我們不可避免地擁抱
不可避免地接吻
夢裡的我們吻出一個記憶的黑洞
夢裡的我們怎麼也想不起來彼此的樣子
夢裡的我們彷彿不是我們
卻又是我們

或者那該說是我的夢
還是我們的夢？

過去的過去了
過去的不能重來
但過去會留下來

然後我知道有一部分的我是屬於妳的
那是某個無以名狀的部分
我不能確定那是什麼
但我願意相信那是愛
即使我們已不再是我們

## 6月24日

天氣熱了
貓們總是懶洋洋地歪著
偶爾想給妳寫信
卻也沒有什麼特別想說的話
我大約是進入了日常生活的核心
消極得就像這逐漸融化的夏季

晚上為店裡的一個老客人餞行
喝了許多酒

啤酒、gin tonic、長島冰茶
抽了幾根菸
大家都有那麼一點醉了
煙霧裡
一張張笑鬧的臉微紅著
陷落在沙發的我的心
想起了在某個地下室酒吧裡的幾段往事
那又遠又近的
像一首老歌的旋律
smoke gets in your eyes

大概只有Maria Grinberg的琴聲
是最近的日子裡唯一值得告訴妳的吉光片羽了

## 6月26日

讀完妳的信
真的很為妳感到開心

我因為工作的緣故
勞動的時間很長
個人的時間極少

店裡的客人喜歡對我說話
各種各樣的人
形形色色、各個階段的煩惱、苦水、無聊和快樂
等……
也有一些客人用一種沉默的依賴感與你相處
長久下來
這種馬拉松式的勞動和聆聽
除了使我逐漸喪失表達能力，以及
在思考上往往易於掉入一種消極的放棄裡，以及
一種變形拉長的疲憊感之外

雖然一些自己關心的疑問也逐漸被拉長了
但好像也被置換出也許可以算是好的部分
那大約像是一種對於諸多微不足道的珍惜與理解

我不太能說得清楚
為何讀完妳這封信
心裡確實被安慰到了什麼
我想是因為妳的信裡有一個答案

然後如果妳願意的話
我想寄給妳幾張唱片
請告訴我地址

**7月26日**

今年春天的時候我也去上了瑜珈課
身體在做動作的時候
老師時常提醒我們要配合呼吸
可是我總忘記
甚至常常老師在提醒的時候
當下才意識到自己根本沒有在呼吸
這樣好像有點糟糕

最近在聽 ultra orange & emmanuelle 這個團體
emmanuelle 有演出《潛水鐘與蝴蝶》的賽琳一角
她的聲音叫人安慰
有興趣可以上 youtube 找來聽看看
電影裡面出現的一首歌
*don't kiss me goodbye*
好像是出現在男主角尚和情人去哥德鎮那天夜裡
尚獨自外出晃蕩
最後靜對著櫥窗裡的聖母像的片段

旋律和歌詞都好棒
總是反覆再聽

因為瑣事很多很忙
所以非常地疲憊
就算是快要放長假了
也使人輕鬆不起來
有一種盡頭的感覺
就在如此疲憊的狀態下
的某一個瞬間
我想起了小時候和父親的一小段往事
一段極為平凡的記憶
甚至沒有一句對話

## 8月3日

直到今天我才終於有一點輕鬆的感覺
雖然這個假期另外有許多工作要做
但至少假期來了
可以擁有多一點自己的時間

前些日子
我利用不多的時間
再讀了一次《大亨小傳》
起初讀得斷斷續續的
中途還插進一本歷史小說讀
後來讀到差不多剩下一半的時候
竟在夜裡一口氣把它讀完了
真的是寫得好好的小說
很想再讀一次
現在正在讀錢德勒的偵探小說《漫長的告別》
最近很喜歡讀故事性濃厚的小說

寄給妳的唱片有收到嗎

手有好些了嗎

如果可以
請妳一定要好好休息

## 2009年3月3日

說來很巧
也說來話長

去年暑假給妳寫信後電腦就壞了
年底前店裡一個客人幫我修電腦
應用程式都在
資料夾裡的東西也都還尷尬地存在著
只是所有信件聯絡人全遺失
網路功能也消失了
後來店裡另一個客人把他的舊蘋果電腦半賣半送
給我
雖然習慣了新介面
卻一直沒辦法習慣它的中文輸入
大約是農曆年前吧

我的臉上開始發生類似過敏的現象
起初有些泛紅
以為天氣乾冷沒在意
後來整個臉頰都紅紅的
雖然不痛不癢
客人們卻一直要我去看醫生
醫生說是過勞
我聽了很不可置信
後來想想也是
〇八年整個下半年真的是忙壞了
也許是身體在發出小警告
因為醫生給的藥含有類固醇使我很不舒服
我擦了幾天覺得有改善就不擦了
然後去了台南好些天
就是走走看看

除夕夜裡我回到住處給妳寫信
不習慣的輸入法

寫著寫著總是岔入枝微末節的記憶裡
整個人很恍惚
一直覺得好冷
後來竟開始嘔吐起來
我不斷地跑去廁所嘔吐
胃裡早已是空空的了
身體深處的內臟卻不住痙攣
嘔出真的好苦的膽汁
然後開始覺得全身乏力痠痛
過年幾天都躺在床上休養身體
臉上過敏現象又開始嚴重起來

每天晚上臉就好一些
午後就紅紅的
不癢不痛
只是發熱
整個二月都在看醫生
從內科到皮膚科

醫生以為過敏也是有可能的
於是開始忌口
咖啡也不喝了
能夠的話盡量早睡（因為工作的關係，二、三點
算是早的了）
早起有時間就沿著河堤邊走邊跑

然後一直在吃藥
換不同的藥搽
其間有次紅得嚴重像關公似的
又搽了幾天的類固醇
開始吃抗生素
幾週下來，藥物也開始使我不舒服了
雖然好轉
卻一直無法痊癒
很多客人就建議介紹我去看免疫科
這陣子想給妳寫信

雖然時間少
卻總惦記著
電腦不習慣
有時像跌入時空的破洞似的
往往寫著寫著
最後總是留下欲語還休的心情
某些心裡面想對妳說的話
寫著寫著
往往最後卻覺得那該是對自己說的
既複雜又單純的心情

星期一我去大醫院看了風溼過敏免疫科
等待掛號的時間裡
看見一個很像妳的人經過
多看了一會兒
不是妳
只是一些地方與妳神似

這兩天舊電腦竟奇異地可以上線了
本來想寫信跟妳說發生在抽血站與冰山美人般的
抽血小姐夢一般的經歷
然後就看見妳的信

書要出版了很為妳開心
看起來將是非常忙碌的一年
只是身體也需要妳好好照顧
所以它發出許多小小的聲音要妳照顧它
像個小鬧鐘似提醒這提醒那
雖然難纏
總是好的
妳要好好努力或者努力不要太努力（哈）
還是說不要太努力地過度努力
讓自己不要太累

我下週要去醫院看報告
還不知道是怎麼回事

也是難纏的問題

## 3月10日

謝謝妳的祝福
晚上去醫院看了報告
醫生說沒事
不是過敏
也不是免疫系統的問題
使我鬆了一口氣

於是又看了皮膚科
折騰了一大圈
應該是先前兩位醫生的誤診
錯開了類固醇的藥物
不僅使得皮膚變薄更加容易敏感
也容易紅腫

所以前些時日天氣好時我去跑步
或者只要緊張
臉就發熱紅得厲害
後來又錯服了太久的抗組織胺（治療過敏的）以及抗生素
使得整個人非常不舒服
沒有對症下藥
症狀延長太久
讓大家都擔心了

幾年前我也開始吃素
長時間工作下來體力實在不夠
諸多牽就反倒是為難了別人
所以現在能夠的話就盡量不吃肉

妳問我會認得現在的妳嗎？

我想我記得的應是至今一直仍然的妳

認真，柔軟，美好
妳所說的妳
我未曾見過
卻可以懂得那應是為了保護或探視心裡面
某種毀傷的自主或不由自主
我也一直相信著妳同時也擁有療癒別人與自己的
能力

·

去年春天我去上瑜珈課
老師微笑起來的眼睛以及說話的方式和聲音很像妳
使我疑惑了很久
當然我知道老師不是妳
那天在醫院看見的女人也不是妳
我不由自主地從許多與妳相似的人身上一再不斷
確認著妳的樣子
確認著那些或許我以為我不曾記得的
記憶的痕跡
愛的痕跡

後來我才明白
這一切
並非往事只能回味
也不是想念
而是被時空延續置換的愛

## 3月10日

夜落下來的時候，我沒有說話。
他們說：「是時候了。」於是葉就落了下來。靜靜的，剝落，像一隻小船離開，留下岸邊越來越遠，越來越慢的一隻小手，靜靜的，像一顆石頭沉入湖底。他是那麼安靜，以至於沒有人聽見離去時的聲音。我抬起頭，只聽見夜一層一層地落了下來。緩慢地滑開，覆蓋，再滑開，深入地覆蓋，像探戈的舞步。他是那麼濃烈的，悠揚的，鋪天蓋地的安靜。

夜落到盡頭的時候沒有人說話，葉落到盡頭的時候，我只是脆脆地回過神來，看著地上那一片片，從我們身體凋零的痂。

那些刻著我們身體脈絡的碎片，不知道再屬於誰。他們抖近，又掃遠，沙刺沙刺的呢喃。你幾乎以為這就叫做不堪。

妳的手寫出一個洞，用失去的字填滿迷失的字，妳把字種成樹，等待它們凋零。

從來沒有什麼不堪，只是葉落了下來，只是夜落了下來。

這是〇六年冬天我試著給妳寫的信
那時我做著很多工作
日子過得極為扭曲

有一段時間我總是在圓山站
等待著最後一班捷運回山上
那段等待的時間裡
我站在月台上
總不住地看著面前公園裡的樹
我知道公園左邊的一角原來是一座老公園
老公園完整地包覆在整座公園裡
老樹們都一如往昔
有時一陣風吹
葉子一陣陣窸窣抖動

黑夜裡樹的形狀異常清晰
我彷彿看見我的心的形狀

## 3月14日

看妳好沮喪
很想給妳一個擁抱

這幾天天氣變化大
妳要多留心照顧自己

很想跟妳說
盡量別讓自己太累
如果是需要長時間追蹤治療的話
盡可能別想太多
放寬心情

介紹我去看免疫科的客人
本身也有免疫系統的問題
後來她才跟我說
她有某兩個數值超過正常值很多
如果另一個數值也超過正常值的話
那麼就有紅斑性狼瘡的危險
所以每個月都得去醫院報到
她是一個很開朗的女孩
說話的聲音很像卡通人物
樂觀善良
會給人溫暖向上的力量
偶爾我們幾個朋友會相約一起去游泳騎腳踏車
我能夠體會她看見我兩頰整個發紅時的擔心和害怕

有什麼我能夠為妳做的
請務必告訴我

## 3月15日

我們總有軟弱的時候
妳這麼說我放心多了

我想起父親生病的那段時間
那時我正在嘉義讀書
沒課時就趕回台北陪父親上醫院看病

發現時已是癌末
我不知道在這之前父親是如何和他身體的痛苦相處的
甚至在這之後父親在家也如平常一般

除卻恐懼和憂慮
有時
人承受痛的本能也超乎想像

最近重讀紀伯倫的《先知》
讀一段給妳：

接著一個婦人說道，告訴我們關於痛苦吧。
他說：
你的痛苦即你的突破那封閉著你靈悟的殼。
就好比果子的核必得裂開以使它的心曝曬於陽光下，同樣的，你也必須知道痛苦。
如果你能保持你的心驚奇於你每日生命的奇蹟，你的痛苦便不會比你的快樂少一分奇妙了。
你便會接受你心的每一個季節，就好比你一向曾接受那經過你田地的每一個季節。
你便能寧靜地觀察你痛苦的冬季。

## 3月25日

某種方式來說
我以為妳是寧靜地觀察痛苦的冬季的

妳上次提及關於自己的某些改變
某些也許是破損已經修復
或是更懂得生存
尚未定論的改變
使我感觸很深

某方面來說

我也正在經歷著這樣的改變
某些大約是理解了
很多還是濛濛的
可是日子就這麼一天一天過去
工作的時間好長
能夠留給自己的時間好少
唯一明白的是一種因為需要孤獨同時也更為孤獨
的心情

前幾天母親打電話給我
要小弟給我送來她做的炒米粉
我很喜歡母親做的炒米粉
香氣飽滿口感蓬鬆
這幾年母親越來越會燒菜
弟弟都說從來不知道媽媽那麼會做菜
以前父親還在時
母親是不用進廚房的
父親當然是很會燒菜

高中時只要父親做了青椒炒牛肉
一定得多帶一個便當分給另外三個死黨
父親拿手菜很多
蝦仁水餃、瓠瓜水餃、滷牛肚牛腱、豆瓣醬炒高
麗菜、各種燉湯……
偶爾興致一來還自己弄了羊肉爐
（我不吃羊，唯一敢吃的就是父親做的這個）

母親很少做菜
偶爾只炒個青菜煎個蛋
過年時做做蒜苗蘿蔔糕湯炒米粉
可是我很喜歡母親的味道
我最愛她做的一個點心「炸芋酥」
把芋泥包著白豆沙揉成水滴狀裹上麵粉入油鍋炸
得金黃
心裡一直想著要學起來

我應該跟妳提過

她幾年前開了一家卡拉ＯＫ
偶爾陪客人唱唱歌
炒幾個小菜給客人下酒
有一次我去看她
她一直拉我跟她一起唱首歌
可是我實在是不好意思

從小我就跟母親不親
我印象中的母親
都是父親爺爺奶奶和姑姑

有時看到朋友和母親的關係非常緊密
那種覺得煩又放不下的心情
在於我是從來沒有的
我很難想像那樣的關係
也說不上羨慕還是失落
畢竟母親和我之間的關係
給了我很大的自由

也決定了我某種絕對的孤獨

我想一直以來
我總是喜歡上年紀比我大的女生
也許是某種程度的移情作用吧

這幾年偶爾她會打電話給我
問我要不要回家吃湯圓吃潤餅捲
說今年她綁了粽子大家都說好好吃要不要送幾個給我
大概就是諸如此類的

偶爾回家她會坐在我旁邊
幾度欲言又止
我知道往往最後說出來的都不是她想說的話

差不多是這樣的關係
對我來說算是一種很小卻很重要的改變

## 3月29日

還好嗎
混亂有沒有好一些

那天夜裡電話響時
我以為是母親打來聯絡表妹結婚的事
後來看了看號碼
覺得很熟悉
想到可能是妳

隔天趁工作空檔回撥
妳一出聲我就知道是妳了

電話裡
妳的聲音像無數個拳頭般重重地打在我的身上
使我無法言語

今天我去參加表妹的喜筵
姑姑說好久沒看到我了
給了我一個大大的擁抱
我的眼淚差點掉下來

下雨的夜裡
但願妳一切安好

## 3月30日

關於道歉和諒解
我以為那是妳不必對我言說的

其實我也無法正確描述為什麼回撥電話給妳
即使我心裡知道那應當是妳
我並沒有想到我會有什麼樣的反應
我也許以為那就像確認一個回覆那樣的單純

電話那頭妳說了聲：「喂？」
妳的聲音混合了許許多多難以言喻的什麼穿透了我
使我說不出話
然後我聽見妳說：「我是……」
我的腦海中突然響起在新店山上的某個夜裡妳曾
打電話來的聲音
妳說：「我是……你願意和我說話嗎……」

彼時此刻的電話裡
有某種力量重重地襲來
幾乎要使我心碎
也許那是妳和我的脆弱
以及其他的什麼
現在的我仍無法說清楚

很長的一段時間裡
我沒有辦法閱讀寫字
也沒有辦法清楚說明言語

除卻悲傷的原因
那些屬於我的世界裡的字
以及關於字的一切
我知道是我自己選擇丟棄的
然後做著大量耗費時間體力的工作
日復一日地
希望自己也能成為這世界裡習以為常、極其平凡
的一部分
希望能被掏空
直到什麼也沒有剩下來
日復一日地
我把手伸進心裡
抓住什麼
再鬆開手
讓它溜走

直到我覺得能夠對妳說話

我曾經以為
當我能夠寫信給妳的時候
某些什麼將煙消雲散變成記憶
我以為妳和我來來往往的每一封信
都將像海龜送給浦島太郎的錦盒一般
隨著被打開，化作白煙變幻成歲月
推移著我們
直到妳和我都變成彼此的一張照片
直到我們不再寫信的那一天

與妳寫信的時空中
我曾數度困惑
反覆檢視
後來我才漸漸發現
有某個屬於我的部分
早已滯留在某個時空
於是這些信
分不清楚是寫給哪個妳還是寫給哪個自己的話語

但這都無關緊要了

我一直以為
許多心裡的話我都應該讓它沉默
而今但願它們能夠給妳一些力量

然後妳知道
我從來不曾也不會怪妳
在我的心裡
妳對於我的意義
是鄭重的

我總是祝福著妳

# 4月1日

妳要注意保暖
然後當然要好好地活
留一些空白給自己
對自己好

很想摸摸妳的頭髮
對妳說聲加油

有的時候我會沒有辦法閱讀
不能讀的情況大概都是這樣開始的：
有的時候是認得那個字的形狀
可是卻找不到對應的意思
有的時候是讀得懂個別的字
可是沒有辦法把字和字之間的關係組織起來
然後就會持續很久的一段時間沒有閱讀的能力
連表達能力也變得很糟糕
寫一個句子都寫得困難重重
使我感覺到非常挫折

最近因為能夠閱讀
所以盡可能多把握能夠閱讀的時候

因為很擔心突然不能夠讀了
然後自己又是那種讀完也說不出故事內容的人
所以就同時間讀兩三本書
很喜歡正在讀的《小城畸人》

不能夠讀書的時候
就聽很多音樂
附檔寄一小段孟德爾頌的無言歌給妳
youtube的是巴倫波因彈奏的
寄給妳的是葛林柏格彈奏的
感覺不太一樣
但是都非常好聽

我都非常喜歡
它們都給我很多安慰
希望它們能夠陪伴妳

## 4月2日

時常聽著許多音樂時
我總想起妳
像妳說的
那想起像想起自己遺失的一部分
一種無從開始，不知如何繼續，看不見終點的悵惘
只能毫無辦法地任憑那流失的源源不斷地流失
甚至有時都無從察覺
好像同時活在兩個世界裡
在一個世界
你努力生活

設法使自己活得健康
滿足於日常微小的幸福
與此同時的時時刻刻
你卻不時與另一個世界裡的黑暗沉默對望
像是在讀一本無字的書
聽一首無聲的歌
為何能夠努力認真以活同時又感到徹底絕望的悲哀？
妳說有些事希望它過去
有時又一直希望它存在著
我感同身受
以為該給時間以時間
卻在前進同時也是後退的時空中
不知該如何自處
妳說老師說

成事不說，遂事不諫，既往不咎
那個「不」的智慧好難
那既不是釋懷
也不是使過去成為過去
那彷彿只是單純的接受

在時空面前
我想我是軟弱的
而我以為妳有強大的意志和力量
和一顆柔軟的心
這樣已足夠渾厚

## 4月14日

天氣怪異
中午與朋友聚餐後順道去他家中小坐
煮茶喝咖啡
給他們說了幾個關於父親的夢

我極少夢見父親
十年來大概夢見四或五次
在夢裡父親總為無助的我伸出援手
醒來後
雖然知道是夢
那種可靠值得信賴的感覺卻依然殘留清晰

茶煙裡
朋友笑談開來
聊健康
聊日常小事
相約下次聚餐日期
也許是連日來工作結實忙碌
我的心一點一點逐漸飄散窗外

傍晚我坐上公車

窗外天色漸暗
是即將入夜時分
燈光醺黃幻化
眼睛裡想起妳
一站一站
走走停停的街景裡
有一種藍色

那是最藍的藍色

## 4月17日

生命中能有這般好友令人寬慰

一直以來
我看見妳的
是無論生命中發生了任何形式的傷害
都無法毀及妳的純真和美好
那是妳與生俱來的質地
妳要相信她

我如果回家
會到廟裡祈求保生大帝
請祂保佑妳身體健康心靈平安

有一個關於父親的夢我印象深刻
那時仍住在新店山上
是夏天
某個晚上
我非常恐懼
心在發抖
整夜無法入睡
清晨時睡了一下
很快又醒來
作了夢

一個同時令人害怕又溫暖的夢

夢見蛇和爸爸

夢見房間裡有一條蛇。恐怖的蛇。會越來越長的蛇。蛇穿過窗戶漸漸蔓延開來，在牆的兩面反覆來回變長，蛇的頭小小的，眼睛黑亮。是一咬就會使人死掉的蛇。是要完全消滅的蛇。我非常恐懼害怕，逃出房子，把房門關上，走到街上，但是我知道蛇在房子裡越來越長，牠將鑽過門縫出來。

我走在街上，心裡一度想著，是不是假裝沒有蛇這件事呢？只要趕快逃，有人會發現蛇的。有人會去處理蛇。但是我又不安。因為現在只有我一個人知道蛇在房子裡越來越長。

後來在騎樓下看見爸爸。爸爸正拿水管沖洗騎樓的地板。爸爸看起來好穩重，臉的面容使人覺得可以依靠。

我就跟爸爸說了。說有蛇。請爸爸幫我抓。

爸爸二話不說。就跟我去抓蛇。他甚至不知道那非常危險。一咬就會死了啊。爸爸看起來就是心中只有把蛇抓起來這麼一件事的默默認真。

爸爸跟我來到房子，我說蛇就在裡面越來越長，有可能從門縫鑽出來。

爸蹲下來朝門縫裡面看。我忍不住說爸你要小心。只要一被咬到就會馬上死掉的。

爸爸從門縫底下揪出一段蛇的身體。剛好是接近蛇頭的部分。蛇頭一下子鑽出來。眼睛黑亮。吐著蛇信。

爸爸在蛇頭出現的一瞬間準確迅速地一把抓住蛇頸，把蛇頭一扭，蛇便死了。

我告訴爸爸，蛇必須完全消滅才行，不然牠會復生的。

爸爸把蛇頭扭斷，用刀子把蛇切成一段一段，那蛇變成一小段後，化成一段一段稍微凝結的血塊。我和爸爸把那一段一段像血一般凝結的蛇段放在地上用力踩滅，用力劃開，劃散，再用水沖乾淨。

蛇很長。劃開的蛇段黏膩稠糊糊的。地板上留下一些淺淺的血跡。怎麼都沖不乾淨。我很不放心。過了一陣子來看。蛇又逐漸成形了，變成一條蛇形的紙蛇。蛇頭的眼睛已經成洞。又快要變成蛇了。

爸爸來抓住紙蛇。剪成一段一段的。馬上用火燒起來。但蛇實在是太長了。一直不斷地燒著。我的心裡疑惑著，燒成灰的蛇的粉末會不會又變成蛇呢？

燒著之中我醒來
心中仍十分害怕
一動也不敢動
覺得房間裡的床沿
會不會有一條蛇在那裡

後來知道那是夢

## 4月24日

最近每個星期總有兩天早起為了看醫生
因為仍是臉紅
朋友介紹我一個據說是很專業的醫生
醫生穿著像是香奈兒的名牌套裝
散發著一種雍容華貴的傲然神情

一次下著大雨的早晨
候診時廣播裡突然響起Hugh Grant和Drew Barrymore合唱的*Way Back into Love*
我忍不住踩著節奏點起頭
心裡感到一片溫暖
然後推門走進兩個熟悉的面孔
看著她們我微笑起來
是張阿姨和郭阿姨

阿姨在我住處附近經營一家小館子

賣家常小炒也兼賣各種飯麵
菜燒得溫馨精緻
一個簡單的炒飯炒地瓜葉
總讓我吃得很感動

張阿姨皮膚白皙
看得出來年輕時一定是個美女
說一口標準國語

單親，有一個女兒
年輕時唱過紅包場
後來一個先生給她一筆錢
就開始做起小生意
是苦過來的

郭阿姨年紀要比張阿姨大上許多
負責照顧外場偶爾在廚房幫個小忙
在店裡總是穿件襯衫
一開始我有些不能確定她的性別

短髮的劉海偶爾夾著一枚髮夾很可愛
戴著一副方框眼鏡
有著一雙真摯的眼睛
找錢給你的時候
會一手扶著你的手
一手珍重地把錢放進你的手心
微笑著說：「謝謝，慢走。」

前些時日我去買晚餐時
郭阿姨總會關心我的臉
要我早睡多吃蔬果很溫馨地叮嚀

候診間裡張阿姨看著我問：「妳臉怎麼都沒好？」
我笑著正要回答
郭阿姨接著說：「她好多了，妳不知道她之前整
個臉多紅，像市場裡那個阿英一樣。」
「是啊？」
郭阿姨張著眼睛認真地點頭說：「是啊。」

我微笑著看著她們

什麼時候我能夠見到妳呢？

妳一直想問的問題我也不時地問著自己
有時反被這個問題問著
為什麼見？
為什麼不見？
無言中總是沒有答案和理由，彷彿這並不能夠成
為一個問題似的

而現實裡這似乎該是一件簡單的事，不是嗎？

我想起那次隻身去台中
想看妳
卻不確定是否要見妳
飯店裡那個光源不足的房間像一個幽閉的洞穴
昏暝中

房間裡所有的顏色都逐漸在失去
有什麼靠近了我
潛了進來
電話裡妳說：「妳想跟我見面嗎？」
「我不知道。」（妳知道房間連著我一起變形了
嗎？）
「沒關係我只是去看看妳。」
然後妳打開了門
我不斷地喝著妳帶來的啤酒
彷彿如果不做些什麼
自己就會被那個不確定的什麼吞噬淹沒
妳擁抱我的時候
我無能為力地掉下了眼淚
當時的我以為那是軟弱和害怕
後來我才明白
那其實是一種絕望

與妳分別後

時空在我身上轉了一個圈
我在那離心而漫長的迴旋裡失去了重量
然後時空在我身上開始以一種回溯的方式前進起來
過往的人事一個接連一個奇異地復返
有些前來與我一筆勾銷情事
有些前來與我達成某種類似於完成核銷的和解
有些前來翻案
有些偶然陷入某種巧合的連結生出另外一個故事
更多是將她們的記憶塵封交託我保管
以便人生能夠重新開始或繼續

很多個夜裡
我躺在床上
看著黑暗
黑暗中
房間滲透幻移成一個個似曾相識的房間和場景
我並沒有覺得不安
只是感到一種絕望的悲哀

這悲哀好小好輕
如此微不足道
卻那麼徹底

然後現實在日復一日的生活之中沉澱下來
許多事物彷彿都要開始好轉起來
一步步看見了安穩的樣子
也同時一步步看見了埋葬的樣子
也許是悲觀
我心裡總以為這些好必然是某種迴光返照

時光開始回走了
句點已在前方等待

那許多個夜裡
我問自己
如果死亡來臨時
我是否已經準備好接受它

於是想到現實的安排
一一處理交代
想到某個妳仍在某個處境裡等我跟妳說一句話
嘗試著寫信給妳
慢慢地等待自己能夠與妳說話的時刻

然後就這麼寫著信到現在

見不見面
此時此刻於我都好

如果能使妳有所幫助的話
也許約個時間
畢竟這在現實裡並不是多困難的事
也許看看五月的某個星期一
何時何地
我們打個照面

## 4月26日

妳的信我讀了

週末幾天工作重
身體疲憊讀得吃力
不太能思考
信寫得斷斷續續
我會再寫給妳

我會讀妳的信
會一直給妳寫信
不會從妳的世界裡消失
這是我的承諾

我很難過讓妳有這樣的害怕

妳要好好休息

## 4月27日

皮膚的問題看皮膚科也就是只能被動地對症下藥
我的臉大概就是所有錯誤的藥的副作用的大集合
容易紅腫，緊張曬太陽就更紅，天氣冷就乾裂，
天熱又起疹子
外表的問題我自己並不介意
只是客人一直關心得一直說明，這說來話長比較疲憊
現在看的這個醫生很專業
很仔細說明給我吃的是什麼藥
沒有給我搽藥
症狀改善許多

星期五早上去看醫生
仍巧遇張阿姨
我們並坐著等待，稍微聊了起來
我說阿姨妳菜燒得真好，我好喜歡（我不好意思
跟她說幾次我都吃得感動得要掉淚）
張阿姨笑了開來只說：哪裡有，不過就是媽媽的
味道而已，可能只是妳剛好喜歡媽媽的味道
我的眼睛熱熱的
阿姨說著說著手肘倚過來碰碰我的手臂
暖暖的像是一種安慰

因為過年時生了病
又莫名其妙臉紅
然後心理上因為能夠接受面對死亡病痛
月中時就去醫院做了健康檢查
醫生說不礙事
要我半年追蹤一次
有什麼變化再怎麼處理
其他血液檢測X光片的部分還在等報告
我並不緊張
只是妳別太擔心我

一直都喜歡朱天文的作品

每一個字都好安靜沒有多餘
最近正好開始讀《巫言》
讀得很慢很慢
買了很久的書現在才能讀
我想是因為自己不夠安靜，多餘的太多

週末這幾天工作特別累
因為身體疲憊思考容易渙散
夜裡讀妳的信讀不清楚妳
夜裡回妳的信寫不清楚我

我想我並不夠溫柔
我等待自己能夠與妳說話的時刻
以為這是我能為妳珍惜的
卻沒能為妳想到自己是如此把妳擱置在某個恐怖
的情境裡

我以為所有發生的一切都無須解釋說明

因為我能明白能夠理解
以為如此妳便能夠安心地成為妳自己
卻未能分擔妳內心複雜辯證過程的種種不安

我以為這樣就不會有傷害不會有痛楚
帶來的卻是更純粹的傷害更結實的痛楚

還有悲哀

其實應該道歉的人是我
應該勇敢地毫不羞愧地看著妳的是我

見面
不會是妳個人的事
那事關兩個人之間的意義
以及彼此個人的意義

我們共有一座殘骸

那不知該如何被言說
如何被看見
如何被記憶
如何被回憶
如何被拼湊
如何被召喚

只有在對話時才能顯顯形狀
只有在見面時才能被觸摸
我想看清楚它又害怕看清楚它
我想碰觸它又害怕它崩毀

我以為妳一直都是如此美好
我總不懂為何妳要如此嚴厲對待自己
不斷反覆內省探問逼視自己
使自己受傷

其實是我對自己太軟弱

是吧

所以五月四日星期一下午兩點鐘
如果妳方便的話
請讓我去找妳
讓我與妳見面
只是要麻煩妳給我地址
上次妳給我的地址隨著電腦故障遺失了
或是我們約在其他妳方便的地方都好

妳說老師說
成事不說，遂事不諫，既往不咎
我願意接受那個「不」

即使也許這座殘骸會粉碎
我但願它粉碎成金
即使有什麼會消失
我承諾不會再消失在妳的世界裡

## 4月29日

幾年前我也買了那套兩個版本的唱片
幾次想好好聽聽五五年的錄音
都仍不由自主拿起八一年的唱片播放
我很喜歡這張唱片
每一個音符都像自己擁抱自己

妳沒有說了什麼不該說的
只是我不知道該說些什麼
但願我能明白心裡那近乎傷痛的感覺

昨天夜裡寫著寫著就掉落了
也許是一整天下來
說了好多的話面對好多人
很想使自己放空
也許是因為那莫名傷痛的感覺陷落了我

我會去見妳，不會反悔
但我無法對妳說不要恐懼不要不安不要害怕
是這樣忍不住在電話裡開了妳一個小玩笑
但願能夠讓妳放輕鬆一些

## 5月1日

因為會是很長很長很長的一封信
而我的時間很少
也許會寫上幾天
想到妳早上在電話裡說
隨便寫幾個字都好啊
此時此刻不知道為什麼
心裡很想笑著摸摸妳的頭

這些信

不是一封蓋過一封的
我看得見妳

妳該好好休息
早點睡
別累壞自己，好嗎

然後我要再說一次
我會去見妳不會反悔

## 5月4日

與妳寫信的時間裡
我一直試圖寫著另一封信
很想告訴妳關於當時的一些，該說是往事嗎？
好像也不盡然
或許是更接近某些意義的轉折和沉澱

那擱在心裡某個角落太久
而我們都還太脆弱
我擔心說走了樣
也擔心往事重提使妳難過
也許我不該擔心那麼多
甚至這些擔心也許根本是我的一種軟弱

妳還記不記得那兩本小簿子？那時，有的時候沒有辦法見面的時候，我們斷續在筆記本上對彼此說話，試圖營造一個對話的空間，好像這樣對方就在這紙上在字裡在同一個時空，覺得能夠被理解被觸摸被擁抱。妳知道我好喜歡妳的手，好喜歡妳的字。

後來，那應該是〇五年吧，從山上搬離後，我丟棄了很多東西，那些過往的人事物所遺留下來的不知該如何被處理的記憶，書籍、照片、信件、紙條，曾經象徵某些意義的物品，隨著一段一段的關係，意義的消逝與淘空使人無言以對，這些東西像一具具過去的屍體，我總覺得自己沒有權利處理它，是這樣沉默著與這些屍體共處了長久的時光。知道自己不善於拒絕，也許我該練習拒絕，以拒絕為動力讓自己往前走，是這樣丟棄了它們。我以為如果不從此一去，人生不再，一去不再，我曾經很天真地理解世上只有「一去」沒有「不再」，「不再」這兩個字不應該被寫出來，沒想到卻是時光無情，屍體有情。

那本小簿子，我丟不掉它，也許是因為想對妳說的話還沒有說，還沒有說完。

那個時候，妳去峇里島的時候，我整個人處在一個非常奇異恍惚的情境裡，上班改稿子，偶爾收到妳的信接到妳遙遠的電話，不知道為什麼，我好像能感覺到那時在妳身邊的種種發生，我非常想念妳，對於那些感覺我只是感到一種能夠理解的悲傷。

然後妳回來了。

我都忘記是永遠也不可能有「回來」的。

有什麼模糊了，有什麼形狀改變了，在我和妳之間。我們或是錯過了某些變化的時候。身體的一端各自被奇怪的洞吸入，扭曲變形。

我看著妳，妳看著我，我們都長成一個奇怪的樣子，不復記憶裡的我們。

只剩下一隻眼睛了吧，是不是？隱隱的什麼告訴我。

沒有辦法啊，妳知道，一切如此無奈。

任時空經過我們。我們就是如此軟弱的傢伙，沒有辦法不去回應那呼喚我們的。然後我們扭曲變形，痛並快樂著，我知道。

這是一個冒險，妳知道，我知道。其實只要我們知道這是一個冒險就夠了，剩下的，就只是去冒險，看看我們能不能通過而已。

本子裡最後我這麼寫。

妳回來的那天我去機場接妳，在悲傷之中我仍非常想念妳渴望見到妳，路上計程車司機說我看起來好眼熟，問我是不是住在大龍峒：「妳家是不是那個賣烏龍麵咖哩飯的？」「那個有一個很漂亮的老闆娘那一家對不對？」「我是在那個巷子裡開錄影帶店的啊！」後來他還開車帶我們去吃麵線，好奇怪的經過。

後來妳對我說發生了什麼事，我很難過。並不是因為發生的那些事，而是妳對我說話的樣子，像是做錯了什麼不知該如何解釋，妳知道這些從來無關承諾，也沒有是非對錯。

甚或在更早之前，妳這麼對我說，「不管發生什麼事，妳知道那一切都是假的」。我珍重這句話裡的愛與善意，但這句話裡隱隱透露出的什麼我無法迴避。

如果妳的生命便是要去經歷這一切，我如何能夠要自己成為妳心裡某種沉重的負擔。

我不想妳為難。

夏天過去，秋天的時候我開始在師大的那家café工作，幾個深夜裡下班後我在地下社會遇見了一些非常寂寞的人和故事，然後交往過的女朋友一個個出現，翻舊帳，確認結案，結婚前的告別，還有咖啡店女孩，她說一個小朋友借她那本沓里島遊記，她看的時候想起我，我說那是我，她沒有多問，我也沒有多說，然後她說她沒辦法看我這個樣子，她說她想照顧我，我沒有拒絕的能力，就這樣介入了她的婚姻裡。

她把我撿起來，開始白天在她的店裡上班，晚上在師大的café上班，然後關係越來越複雜，三個人快樂痛苦謊言背叛煎熬反覆不斷，最後她先生也外遇了，開始分居，拖磨好些年，離婚收場。

她的心情矛盾複雜，她歉疚自己的背叛，卻同時期待他能發現她的祕密，她一直在等他把她從中解救出來，最後卻不是這樣的結果。

對我，她的心情也是複雜的，她希望能照顧我，希望能有機會能和我在一起，卻也恨我使她失去了生活種種安定的可能。

日復一日，工作生活，有什麼在我身上一點一點流失了，妳彷彿聽見哭泣的聲音，但妳不能回頭，只能一直往前走。日復一日，工作生活，我時常想起妳，但我不能回頭，只能一直往前走。

可是我還是回頭了。

我得回頭對妳說一句話。

我等待著。

我等待著字從心裡跑出來，把它寄給妳，然後妳打開它，某些什麼就算是消散了，彼此都能一直往前走。

沒想到卻是變成了寫不完的信，解咒的文字變成咒語，我們的種種意念攀附在字裡，百轉千迴。

日復一日繼續，工作生活微笑說話，妳時常在我眼裡浮現，我毫無辦法，只能和這悲哀沉默對望。

如果妳說妳是有罪的，那麼我也是有罪的，如果妳說妳對人是有害的，那麼我對人也是有害的。

請原諒我無法開口對她說這些，我扭轉了她人生原本的方向，除了陪伴我無以為報。這是我該償還的。我但願能有清償的一天。

而我又拿什麼對妳說愛妳。甚或是那個比愛情更深刻的、我無以名狀的東西。

我只能漫長無盡等待。我知道我屬於妳。我但願能一直永遠守護著妳。

那些我們隱藏在信裡的回望，我們錯過了嗎？

一切成為過去了嗎？那心裡源源不斷流失著的，還是一直以來這些過不去的是我們的妄想？那是愛？還是愛的幻影？
我不知道。
而這也不再重要。
我只知道這一次無論如何，我都不應該讓妳像亡命之徒這樣地逃走了。

所以我必須見妳，
我必須親眼見妳，親耳聽妳，
我必須將我身上屬於妳的交付給妳。
這往後，

就算最後我的存在只是為了使妳經過，我但願妳經過我之後到達了一個更美好的地方。

作　　者　陳　雪　早餐人
總 編 輯　初安民
責任編輯　阿　髮
美術編輯　蔡南昇
校　　對　阿　髮　陳　雪　早餐人

發 行 人　張書銘
出　　版　INK印刻文學生活雜誌出版有限公司
　　　　　新北市中和區建一路249號8樓
電　　話　02-22281626
傳　　眞　02-22281598
e-mail　ink.book@msa.hinet.net
網　　址　舒讀網http://www.sudu.cc

法律顧問　巨鼎博達法律事務所
　　　　　施竣中律師
總 經 銷　成陽出版股份有限公司
電　　話　03-3589000（代表號）
傳　　眞　03-3556521
郵政劃撥　19000691　成陽出版股份有限公司
印　　刷　海王印刷事業股份有限公司

港澳總經銷　泛華發行代理有限公司
地　　址　香港新界將軍澳工業邨駿昌街7號2樓
電　　話　852-27982220
傳　　眞　852-27965471
網　　址　www.gccd.com.hk

出版日期　2012年 9 月　初版
　　　　　2016年 6 月20日　初版十刷
ISBN　978-986-5933-33-3

定　　價　350元



國家圖書館出版品預行編目資料

人妻日記／陳雪 著；
－－初版，－－新北市中和區：INK印刻文學，
2012.9　面；14.8×21公分（文學叢書；334）
ISBN 978-986-5933-33-3（平裝）
855　　101015616